怖い話を集めたら
連鎖怪談

深志美由紀

集英社文庫

目次

怖い話を集めたら

連鎖怪談

プロローグ

私が怪談を集めることになった直接の理由は、経済的に困窮していたから、というのが嘘《うそ》偽りのないところだ。

売れない恋愛作家である私のところにその仕事を持ち込んだのは出水青葉《いずみあおば》という男だった。元々、ミスミ出版の文庫編集部で部長をしていたのだが、三年前に突如独立してスマートフォン用ゲーム開発の会社を起《た》ち上げた人物である。

「いつきちゃん？　久しぶり。元気？　ちょっと、頼みたい仕事があるんだけど」

相変わらずの軽い調子で、彼はそう私に電話を掛けて来た。

「仕事、ですか？」

私の声は多少訝《いぶか》し気だったと思う。何しろ、彼が出版業界を去ってからこっち、とんと音沙汰がなかったのである。

出版不況が加速するのを見越して早々に新規分野へ切り込んでいった彼は、元々大衆の欲望に関してセンスの悪くない人物だったから、新しい事業はなかなか上手《うま》くいっているという噂《うわさ》だった。

「そう。とりあえず、一回会おうよ。今週どっか空いてる日ない？」

五十歳に手が届いたばかりの彼は、未《いま》だ軽薄な青年のような話し方をする。もっとも、そういう人物はこの業界には少なくない。いわゆる一昔前、景気の良かった時代にヒット作を飛ばしてきた編集者はなぜか皆、どこか山師のような雰囲気を持っている。明るく、軽い話し方で油断させせながら、相手がその懐に宝を隠し持っていないか注意深く探っているのだ。

編集者であった頃、そんな彼が持ち込んでくる依頼は、美味《おい》しさと胡散臭《うさんくさ》さが半々に入り混じった怪しい魅力を持ったものが多かった。今回、畑違いではないかと疑いつつも彼に会いに行ったのは今度は何を始める気なのかという純粋な好奇心と、ぶっちゃけて、その時の私には仕事がなかったからである。

「怪談を題材にしたノベルゲームを作ろうと思ってるんだ。いつきちゃんにはその取材とシナリオを担当して欲しい」

その週の金曜日、恵比寿《えびす》の鉄板焼屋に呼び出された私に、青葉はそう言った。

香ばしく焼けた「天使の海老」のバターソテーを頬張りながら、私は少し首を傾《かし》げる。

「怪談——」

正直、門外漢もいいところではあった。私は十年以上前に物書きとしてデビューしてからこのかた、恋愛や性愛を扱った小説や記事しか書いたことがない。

「そう。ほら、俺、パノラマ出版にいた頃、怪談雑誌を作っててさ」

「はい、覚えてます。すごく人気でしたよね」

「そう。当時は世紀末と終末思想が相まって空前のオカルトブームだったわけだけど、不景気で世間の不安が高まっている今、一周回ってまた流行が来そうだって俺は踏んでんの。実際、動画投稿サイトを中心にその気配は既にあるしね」

　自信あり気にニヤリと笑うその表情は、彼が未だ現役の山師であることを感じさせるのに充分なものだった。

「でも私、怪談とかやったことないですよ。詳しくもないし」

　彼の野性とも言えるヒットへの勘は認めつつも、私は自分がその役に立てるか正直測り切れないでいた。文章を書ける人間なら彼の周りにはいくらでもいるだろう。しかも、怪談やオカルトを題材にするとなれば私よりも適任はいくらでもいるはずだ。

　すると、彼は少しだけ気まずそうな表情をしながら頭を搔《か》いた。

「いやぁ。実はね、ちょっとばかり予算が少なめなんだよ……でも、最低限の原稿料は応相談、納品の翌月十五日払いで取材費は交通費込みの前払いってことで、どうかな？　いつきちゃん、今、時間空いてるんだろ？」

――時間が空いている。

というのは、彼なりに気を遣った表現であったろう。端的に言ってその時、私はかなりお金に困っていた。おそらく彼はその噂をどこかか聞きつけてきたに違いない。

現在執筆している原稿が現金になるのが三ヶ月先ならばいい方で、場合によっては半年先、一年先というのも珍しくないこの業界において、納品の翌月、しかも月末よりも早い十五日の支払いというのは正直言って助かる話だった。さらに取材費が前払いならば持ち出しもせずに済む。こんな美味しい案件はそうそうない。

とにかくその時、私は危機的状態にあった。

元々そう良くもなかったところに落ち込み続ける売り上げ、減少する刷り部数、激減する依頼。これは明日にでも別の職を探さねば三ヶ月後には家賃も払えない、というのっぴきならない事態だったのである。

青葉とは過去に一度だけ、酒の弾みで肉体関係を持ったことがあった。決して行為を強要されたわけではないが、内心では仕事上有利になるかもしれないという打算が働いたことは否めない。彼はそのあとすぐに出版社を辞めてしまったから、その一夜の縁が巡り巡って今この時に回収されたというわけだ。

「分かりました。どこまでお役に立てるか分かりませんが、やらせて頂きます」

その答えに、青葉は満面の笑みで「ありがとう、助かるよ！」と言って私の両手をぎゅっと握った。

その後詳しく聞いてみた話によると、アプリの内容は「怪談百物語」や「耳袋」のようなもので、実話怪談をプレイヤーに読ませるというものだった。推理要素や攻略要素などはなく、ただ、音と映像を付けた怪談を読ませる、一昔前なら「サウンドノベル」と言われたものに近いかもしれない。キャラクターゲーム、ガチャ要素が強いアプリがメインのこの時代に随分とレトロな仕組みだと思ったが、「チャットノベル」と呼ばれるこのタイプのアプリは若者になかなかの人気なのだそうだ。

実際のシナリオ打ちは専門のプログラマーがやるので、私がするのは主に青葉が集めて来た怪異体験者から怪談を聞き、それを元に細部を整え、物語らしくまとめるという作業だった。「差し支えなければ齋藤《さいとう》いつきの名前を大々的に表に出したい。実話怪談というのはただ事実をそのまま書けばいいってもんじゃないんだ。物語として読ませるにはそれなりの腕がいる。君にしか頼めない仕事だよ」などと、青葉は調子のいいことを言った。

彼の大風呂敷はさておき、大して苦になる仕事だとは思わなかった。作家になる前、私はフード関連をメインにしたライターをしていた。こだわりを持ち、気難しい人物の多い飲食店経営者から話を聞きだすことを主としていたので、取材の腕にはそこそこ自信がある。ただ、ひとつ問題があるとすれば、重ね重ね私が怪談だとかホラーだとかいう分野に明るくないということだ。そもそも今までそういったジャンルに興味を持ったことがないし、映画や小説などもほとんど見たことがない。

そんなわけで、私はまず、仕事の前段階として古くからの友人である荒銀凪《あらがねなぎ》に会うことにした。


「怪談ねぇ。あんまりオススメしないなあ」

角打ち居酒屋の片隅でハイボールをぐっと一息に呷《あお》ってから、凪はそう言ってしかめ面をした。アシンメトリーに右側だけを短く切り込んだ髪は、今は赤色に染まっている。確か前回会った時は青で、その前はオレンジだった。剝《む》き出しの右耳には髪色に合わせた赤いピアスがひとつ。

「そんなことを言ってる場合じゃないんだよ、もう、来週にでもハローワーク行かなきゃってところだったんだから」

「三十半ばから正社員は難しいねえ」

などと、決して正社員になどなれなさそうな容姿をした彼女は笑う。

私と凪が知り合ったのは高校一年の頃だった。凪は当時から目立つ少女で、軽音楽部に所属してバンドを組んでいた。高校は私服登校だったが、彼女は常に男装と呼ぶのが相応《ふさわ》しいようなロックテイストのパンツスタイルで通って来ていて、女子に非常に人気があったものだ。

凪のバンドではキーボードを弾けるメンバーを探しており、幼い頃からピアノを習っていた私に白羽の矢が立ったのは一年の二学期だったと思う。それまでは同じクラスにいてもほとんど喋《しゃべ》ったことのなかった彼女に突然誘われた時には驚いたが、それからの二年半、お蔭《かげ》さまでなかなかに楽しい高校生活を送らせて貰《もら》った。

高校を卒業してお互い別々の道に進んでもなんとなく交際が続いているのは、私が彼女に憧れているからだろうという自覚がある。彼女は今でもインディーズバンドを続けていて、ステージの上で眩《まばゆ》く輝いている。週末には私も時折彼女のライブへ顔を出すが、今では舞台のあちら側とこちら側の人間だ。

「いつきは作家なんだから、正社員なんかやめときな。でもこれは題材がね。あんまり、いい予感がしない」

凪はこめかみに指を当て、眉間に皺《しわ》を寄せる。

私が彼女を呼んだ理由はそこにあった。

私という人間はまったく怪談やホラーに興味も縁もゆかりもないのだが、凪は違う。どうやら彼女には「霊感」というものがあるらしい――彼女は私の前ではあまりその話題を出したがらないが、幼い頃からいろいろと不思議な体験をしているようなのだ。私はそれを高校時代の修学旅行で知ったが、長くなるので詳細は割愛する。

　私は正直言って霊やオバケなど見たこともないし、半信半疑ではあるのだが、凪のことだけは信用している。そんなわけで、きっと何か、そういうことに類する現象が世の中にはあるのかもしれない、という程度の曖昧な納得のし方をしているのだった。

「ゲームの制作中に本物のオバケが出たら話題になるじゃない」

　という私に
「オバケが出るくらいならいいんだけどね」

　と、凪は苦笑した。

「で、何が訊《き》きたいの？」

「うーん、基本的な言葉の意味とかね。例えばココ」

　私は青葉から受け取った資料の一行を指した。

「霊媒師と霊能者、という言葉が使い分けられているでしょう？　これって何が違うの？」

「言っておくけど私は別にプロじゃないし、ただ変なモノが見えるってだけで怪談なんかが好きなわけでもないから、そんなに詳しいわけじゃないからね」

　凪は少し苦笑してそう前置きすると、ハイボールのおかわりを頼んでから続けた。

「霊媒師、というのは主に自分を媒体に霊を呼び込む人のことを言う。例えば恐山《おそれざん》のイタコとか、いわゆる『口寄せ』——死んだ人の言葉を代わりに喋ってくれる人がいるでしょう。ああいうのが『霊媒師』。『霊能者』というのは一般的に霊を感じたり祓《はら》ったりする能力がある人のことで、極端なことを言うと場合によっては霊が見えるとは限らない」

「え、そうなの？」

「そう。霊の感じ方というのは個人差があるから。霊が見えなくても祓う事ができる人はいるよ」

「へぇー」

思いもよらない答えに私は唸《うな》った。見えなくても祓うことができる、というのは少し想像ができない。私の中で霊能者というものは、テレビに出てきて突如あそこに全身びしょ濡《ぬ》れの女がいる、などと宣言し、派手なお祓いをしたり、数珠《じゅず》を振り上げながら「喝！」と叫ぶというようなイメージだ。

「例えば神社の神主さんやお寺のお坊さんね。彼らは霊が見えるとは限らないけど、きちんと修行をして、作法に則《のっと》った儀式をすればお祓いは『効く』ことになってる」

「『なってる』？　どうして？」

「さあ、どうしてかな。携帯電話の仕組みを知らなくても私たちは電話で相手を呼び出して話すことができるよね。手順に従えば空気中に飛んでいる電波をキャッチして利用することができる。そういうことなのかな、と私は思うけど」

まあ本当の所はよく分からない、と凪は笑う。

「なるほど。なんとなくイメージは摑《つか》めたような気がするけど」

そう言った私に、凪は急に真面目な表情で声を潜めた。

「あのね。そして祓うのと同じで、システムに則ると動き出す『呪い』というものも世の中にはあるんだ」

「呪い……」

急に現れた禍々《まがまが》しい単語に、私はひやりと背筋を冷やした。

「そう。これは怖いものだよ。霊が見えようが見えなかろうが、巻き込まれてしまえば逃れられない。別に、バーンと悪霊が現れて憑《と》り殺されるとか、そういうことではないの。呪いは私たちの常識の範囲内で、じわじわと効く」

私は息を吞《の》んだ。普段であれば笑い飛ばすところだが、彼女の声があまりにも真剣だったからだ。

「今回、私が心配しているのはそこ。素人《しろうと》さんの体験談の中にはわりと混ざってるんだ、そういう爆弾が」

「はは、そんな、大袈裟《おおげさ》な。ただ、心霊好きな人から怖い話を聞くってだけのことよ。

私が呪われる訳じゃなし」

「そうだといいんだけどね。ま、変なことがあったらやめときな」

「ないない。私、オバケなんか見たことないもん」

カラカラと笑ってビールを呷る私に、凪が静かな声で言う。

「だから、言ったでしょ。呪いは私たちの常識の範囲内で『効く』んだって。見えるも見えないも関係ないの」

第一章　御嫁様

翌朝、頭痛と共に私は目覚めた。

「痛た……飲み過ぎた……」

結局、あのあとは心霊の話から遠ざかり、最近観《み》たどの映画が面白かったとか、同級生の何子が離婚したらしいとか、そういう話題で終電まで大いに飲んでしまった。

冷蔵庫からミネラルウォーターの２Ｌペットボトルを取り出し、直接口をつけてごくごくと飲みながら仕事用のパソコンをつける。メールボックスに見覚えのないアドレスからメールが届いていた。

『齋藤いつき様

お世話になります。出水から紹介を受けました『(株) サイバーアイズ』の成海琴子《なるみことこ》と申します。この度は齋藤先生の担当を務めさせていただくことになりました。どうぞよろしくお願いします。

まず、一人目の体験者さまである酒々井亨《しすいとおる》さまのご紹介をさせていただきます。取材にはわたくしも同行させていただきますので、ご都合のよろしい日時をお知らせいただけますと幸いです。取り急ぎご挨拶まで。

成海琴子』

青葉が「連絡をさせる」と言っていた編集者である。私は成海と幾度かやりとりを重ねて日程を調整し、酒々井氏への取材の日取りを決めた。

「齋藤先生！　今日はよろしくお願いします」

当日はまず成海と待ち合わせてから酒々井氏と会うことにした。家庭を持っているという彼女は、私と同じ歳《とし》の三十四歳だということだがまるで二十代のように若々しく見える。小さな頭に細い身体《からだ》、屈託のない少女のような笑顔に大人の女の色気も持ち合わせており、きっとさぞかし男性にモテるのだろうな、というのが第一印象だった。ふたりで名刺交換を済ませてから、私たちは酒々井と約束した喫茶店へ向かう。

予約してあった小会議室に現れた酒々井は三十代後半の、ごく普通の会社員という風貌のこざっぱりとした男だった。しかし時折、爽やかな笑顔に似合わぬ昏《くら》い目をするように見えたのが気になる。

「初めまして、酒々井です」

テーブルの上で酒々井は長い指を組んだ。左手の薬指には細い銀色の結婚指輪。

「御足労頂きありがとうございます」

私と成海はそう頭を下げてから、レコーダーのスイッチを入れた。

以下が、私が酒々井から聞いた話をまとめた物語である。

＊＊＊＊

「御嫁様」語り部：酒々井亨

私の家系は男が短命です。

大体、平均して五十代の半ば。長生きでも六十五までは生きません。しかもなぜだか顔や頭に怪我《けが》や病気をして亡くなる人間が多いことが特徴です。首吊《くびつ》り、脳腫瘍、脳挫傷。死に至らぬまでにしても皆、頭痛や著しい視力低下など何がしかの問題を抱えております。

——はは。こんなことを平然と語るのが不思議ですか？

そうですね。私は今、三十八です。刻一刻とタイムリミットは近付いているわけですが、まあ……それほどその時を恐れているわけではありません。代々親族を見て来ていますからそういうものだという諦観のようなものもありますし、何より、その要因である「モノ」を受け入れているからでしょうか。

酒々井の本家は東北の、とある地方にあります。昔は大層裕福な豪農だったと聞きますが、数代掛けて土地財産を食いつぶした今ではやたら大きな屋敷と蔵以外は跡形もありません。しかし、そもそもその酒々井の土地を大きく広げるのに役立ったのが「御嫁様」という、我が家に代々伝わる「加護の面」だったと言い伝えられております。

これは一見、何の変哲もない面です。いわゆる能面に似た女面になっておりますが、能に使われるものとは厳密には違うようです。表向きは「小面《こおもて》」と呼ばれるものに近い、非常に美しい若い女の顔をしています。

この面は普段、手に取ることも箱から出すことも禁忌とされています。通常は桐箱《きりばこ》に収められ、札を貼って蔵の奥へ厳重に封印されていますが、面の持ち主が変わる時、それとある儀式をする時にだけ、蓋を開いて彼女に逢《あ》うことができるのです。

持ち主が変わる――いわゆる継承の儀式の内容は、酒々井家の嫡男が結婚する時、同時にこの「面」とも婚姻の契りを結ぶ、というものです。そうして面自体は代々酒々井の本家の妻が引き継ぎます。形式的には、常に姑《しゅうとめ》から嫁へと引き継がれてゆくわけです。

儀式が終わってしまえばあとは面をしまい込んでおけばいいだけで、難しいことは何もありません。ただ、この手順を怠ると家が傾くと言い伝えられております。

実際、私の父の兄――三人兄弟の長男にあたる丈三《たけぞう》の妻である文枝《ふみえ》という女性が、不気味がってこの面を継ぐことを拒んだ結果、丈三は先物取引で大損をして先祖代々の土地の大半を失いました。その後丈三は齢《よわい》三十五歳にして首を吊って自殺、結婚三年目のことです。「御嫁様」の祟《たた》りだと恐れた文枝伯母は慌てて面を引き取り、そうして、そのあとすぐに弟――次男の健《たける》の新妻へと面は引き継がれました。

少々長くなりましたが、ここまでが前置きです。

私の伯父、健が結婚したのは三十歳の時、妻である紗也子《さやこ》は二十六で、健が取締役をしていた映像制作会社の元従業員です。紗也子は「面」を引き継ぐことについて、「さすが、歴史のある家はいろいろとしきたりがあるのだなあ」という程度にしか感じていなかったようだ、と祖母は語ります。

二人の結婚生活はしばらく、何の変哲もない穏やかなものでした。子供ができないことだけが悩みと言えば悩みですが、まだふたりきりの新婚生活も味わいたいので焦ることもない。そこに問題が立ち上がったのは、健の会社の人間による裏切りでした。

健と同じく取締役をしているAと投資家のBという男が、融資詐欺の汚名をきせて健を陥れようとしたのです。

使途不明金数千万円の責任を問われ、健は窮地に追い込まれました。身に覚えのないことですが、融資を受けた証明の書類には確かに健の署名も判もある。進退窮まり、健はAの思惑通りに経営を退く寸前まで追い込まれました。

ここは伯父が本家に残ったなけなしの財産で作った道楽のような会社で、彼の生き甲斐《いがい》でもありました。名目上は共同経営とはいえ、ほぼ伯父のワンマンのような状態だったのがAには面白くなかったのでしょう。伯父は一気に老け込み、夜も眠れないような状態になってしまいました。

紗也子がそんな健を心配して祖母に相談を持ち掛けた時、祖母が提案したのが「御嫁様を使いましょう」ということでした。


「御嫁様って、あのお面ですか」

紗也子は不思議そうに訊《たず》ねたそうです。当たり前です、彼女にとって「御嫁様」は婚家にある「ちょっと変わった骨董品《こっとうひん》」のひとつという程度の認識しかなかったでしょう。

「そう。御嫁様には酒々井家を護《まも》ってくださる力があるの」

至って真面目な顔でそう言う祖母を見る紗也子の表情は訝《いぶか》し気なものだったそうです。

「はあ……」

「信じていないのね。でも本当なのよ。そうやって、代々酒々井家は上手《うま》くやって来たの。……私はずっと御嫁様が怖かった」

祖母の手は震えていました。

「だけど、こういう時のために『アレ』はあるのだから」

紗也子は半信半疑のまま、祖母と健と共に蔵に入ることになりました。

薄暗く黴臭《かびくさ》い蔵の一番奥、特別に設《しつら》えた小さな座敷に「御嫁様」は安置されています。

六畳ほどの畳を敷き詰めたそこへは誂《あつら》えの良い着物をいっぱいに詰めたひと竿《さお》の桐簞笥《きりだんす》と一組の布団――これは初夜の調えです――そして「御嫁様」を収めた桐箱の後ろには婚姻の儀式に使用した見事な白無垢《しろむく》が、まるで羽を広げた一羽の鶴のように飾られておりました。

「儀式の時には詳しく説明はしなかったけれど、ここは酒々井の『正妻』の間《ま》と呼ばれているの。私たちはあくまでも血を繋《つな》げるためのお飾りの妻。今だけでも、そういうつもりでいてちょうだい」

座敷へ上がる前に、祖母はそう紗也子に釘《くぎ》を刺しました。

ここからの手順は差し支えがございますので省かせて頂きます。お伝えして善《よ》いこと、悪いことというのが世の中にはあるものです。ただ、必要なのは「御嫁様」とその継承者、そして願う人間――この場合は健です。そしてあとは酒々井に害成すものの名前のみ。

儀式を終えて蔵を出た紗也子はまだ半信半疑だったに違いありません。ただ、これで息子を心配する母の気持ちが晴れるならと——いえ。本当は、儀式の最中、彼《か》の人物への憎しみが、自分でも驚くほど強く感じられたのではないかと私は思っております。「御嫁様」を前にすると、そういった感情を抑えきれなくなるのです。

それから三日後、Aはあっさりと交通事故で死にました。契約書の偽装が証明されて旗色が悪くなったBもこの件から手を引き、伯父は無事に会社での地位を守ることができたそうです。

伯父のその後の人生は健やかで、五十五歳の時に酔って家の階段から落ち、脳挫傷が原因で死にました。五十五歳——これは酒々井の男の平均的な寿命です。良人《おっと》を失《な》くした「御嫁様」はなるべく早い時期に、次の嫁入りをさせなければなりません。伯父と紗也子には子供がいませんでしたから、自然、白羽の矢は当時三十二歳で独身だった甥《おい》の私に立ちました。

私が初めて「御嫁様」を見たのは五歳の時分。丈三の死後、文枝が継承の儀式を行った時のことです。

私は当時、「御嫁様」について何も知りませんでした。その日はなぜか親戚一同が本家の大広間に集められ、豪華な宴会が開かれておりましたが、ただ、その場には祖母と文枝だけがおりません。

「御嫁様」を継ぐ儀式は本来、前任の継承者と新しい継承者、その夫の三人だけで、蔵の奥の「正妻の間」で行われます。

私はその日、大人たちの宴会がつまらなくて早くから大広間を抜け出し、蔵に忍び込んでいたのです。本家に集まった子供たちは子供だけでめいめい遊んでいたので、私の両親も、親戚の誰も、私が蔵へ這入《はい》り込んでいたことには気付かなかったでしょう。

薄暗い蔵の奥に「正妻の間」を見付けた私はたいそう驚きましたが、そこへ人が入ってきたので慌てて傍《そば》の行李《こうり》の後ろへと隠れました。蔵には絶対に入るなと言われていたので、怒られると思ったのです。

そうして――そこで、「彼女」を見ました。

既に丈三が死亡していることから、今回の継承の儀式はいわばイレギュラーなもので、新婚の席は空席のまま行われました。文枝のたっての希望もあり、一旦長男の嫁に継いでから次の新婚を待とうという考えだったようです。

そのため、その空席の合間から私は偶然にも「御嫁様」を目にすることができたのです。今でもあれは私たちの運命だったのだと、そう思っています。

儀式の最中、蓋を開いた桐箱のなか、ちらりと見えた「御嫁様」の姿に私は心を奪われました――総身が震えるような感動、とでも言えばいいのでしょうか。

ちらと一目、ほんとうに一目見ることができただけでしたが、彼女はあまりに美しかった。つややかで真っ白な肌、花びらのような赤いおちょぼ口、作られてから相当の年月が経《た》っているはずなのに、まったくそれを感じさせないほど初々しい、まさに花嫁というのにふさわしいかんばせでした。

ああ、いつか絶対に、自分は彼女を手に入れる――と、幼い私は内心に誓ったのです。たとえどんなことをしてもです。

それから二十七年。長い年月を経て、私はようやく、恋い焦がれた彼女を娶《めと》る権利を得たというわけです。これが興奮せずに居られるでしょうか。

しかし「御嫁様」は酒々井の花嫁に引き継がれるものです。順番が私に回って来たとしても、結婚する相手がいなければ譲り受けることはできません。婚姻の儀式の他に「御嫁様」を見ることは、基本的にはできないのです。結婚前に男が花嫁の閨《ねや》を訪れるなどあってはならないことですからね。

いよいよあと少しで彼女が手に入る。私は「御嫁様」を一刻も早くこの手にしたいと願う一方で、果たしてこの「面」の正体は何なのかということを調べてみることにしました。誰だって、婚約者――恋する相手のことは少しでも知りたいものでしょう？　ははは。

私はまず母に「御嫁様」のことを訊ねましたが（父は既に他界しています）、何も知らぬと首を振るばかりでした。「あんな気持ちの悪いもの、あんたが継がなきゃならないなんて。断ってもいいのよ」どうやら、母は「御嫁様」の本来の持ち主が誰なのかも、その理由にもまったく興味がないようだ、ということが分かりました。

次に祖母に「御嫁様」のことを訊ねました。私は幼い頃から祖母に何度もこの質問を投げかけていますが、まともに答えて貰《もら》えたことは一度もありません。しかし今度ばかりは、自分が受け継ぐならばできる限りのことは知りたい、そうでないと怖くていられないと、そのようなことを言って説き伏せることができました。

今お話しした二人の伯父の話は、その時に祖母から聞いたものです。

私の胸にはひとつの疑問が湧きました。そもそも、祖母はどうして「御嫁様」を恐れていたのか？　ということです。これは酒々井家の嫁の間では「加護の面」、御守りのようなものとして引き継がれてきたはずです。「使用」さえしなければそれはただの美しい古い面でしかないのですから、「御嫁様」を恐れていた祖母はきっと何か真実を知っているはずだと思いました。

「御嫁様はね。私たちに加護をくださるんじゃない。呪いなのよ」

祖母は俯《うつむ》き、静かな声でそう言いました。

「どうして酒々井の男は短命なのだと思う？　それはね、御嫁様に呪われているからなの。その代わり、御嫁様は酒々井の家の存続に力を貸して守ってくれる。いつまでも、いつまでも酒々井の男を呪うためよ」

それは祖母が、姑より含め聞かされた話だそうです。「御嫁様は酒々井の男を呪っているのだ、そのために血を絶やさぬよう力を貸してくれるのだ」と。

明治よりも以前のことです。酒々井家には当時、土地を争う敵《かたき》といえる家がありました。それぞれの持つ田に引き入れる水の利権をめぐり、随分とたちの悪い揉《も》め方をしていたようです。

そこで酒々井の先祖が頼ったのが、村の外れにいつの頃からか自然と流れ着いて来た、村人から忌み嫌われている拝み屋の男でした。

怪しげな人物で、昼となく夜となく自らが彫った仏像らしきものを拝んでいたそうですが、その仏像が見たこともないような姿かたちをしていたとか。どこか外国の血が混じっていたようだという話ですが、詳しくは分かりません。過去には不気味なまじないを使って住んでいた村を呪い、根絶やしにしてきたのだという噂《うわさ》がまことしやかに流れていました。

当時の酒々井の当主は粗暴な人物で、彼を家にかかえ上げ、よい暮らしを約束する代わりに敵を退けよ、さもなければ首を括《くく》って処刑すると男に迫ったそうです。

「村で一番美しい娘を娶れ」

選択を迫られた男は酒々井の屋敷での暮らしを選び、当主へそう告げました。

酒々井家は当時から裕福な農家でしたから、嫁入りしたがる娘はいくらでもいます。

手はずよく、当時の酒々井の当主の息子が、村いちばんの器量よしと祝言をあげることに決まりました。

その前日のことです。男はどこで手に入れて来たのか、美しい一枚の面を新婿へと授けました。

「初夜の夜にこの面を花嫁に被《かぶ》せなさい」

面の裏にはなにやら毒草を煎じた薬がたっぷりと沁《し》み込んでおり、新婿はそれを何も知らぬ花嫁に被せました。するとその面を被るや否や、花嫁の顔面の皮膚は爛《ただ》れ、面の裏側へぴったりと張り付いてしまったのです。焼け爛れるような痛みに泣き喚《わめ》く娘を、彼は無理やりに犯しました。面と契れ――と男に命じられていたからですが、それでも、そのような人道に外れたことができるのはやはり当主と同じく、息子もどこかしら常軌を逸していたのかもしれません。

破瓜《はか》の儀式が終わる頃、半狂乱で面を外そうとした花嫁の顔面の皮膚は剝がれ、赤黒い肉が剝《む》き出しになっていたそうです。

憐《あわ》れ、村で一番美しかった娘の顔は、見るも無残なものとなりました。

それからは男の指示に従い蔵の奥へ「正妻の間」を作り、そこに面を据えました。皮を剝がれ身籠もった名ばかりの花嫁は座敷牢《ざしきろう》へ入れられ、その中で日一日と――自らの胎《はら》が膨れてゆくのをどんな思いで見ていたことでしょう。

――憎い。恐ろしい。けれど愛《いと》おしい。

子供さえ生まれれば跡取りの母親として真っ当に扱って貰えるかもしれない――と、彼女はもしや絶望の中にも小さな希望を持ったかもしれません。

娘は座敷牢の中で女の子を産み落としました。しかし赤子はすぐに母の手から取り上げられ、それきり二度と対面することは叶《かな》わなかった。最後の砦《とりで》さえ失った娘はその後発狂死したと伝えられています。用なしとなった娘はろくに世話もされず――美しさを奪われ子を奪われ、人としての暮らしすら奪われて、酒々井の家を恨んで恨んで死んでいったに違いありません。

家系図で調べたところ、それからさらにふたり。男子が生まれるまで、この当主は嫁を取っています。残りの花嫁ももちろん、面の餌食となりました。

「加護の面」はそうして繰り返し繰り返し、美しい生娘の皮を幾重にも貼り重ねて作られたモノだったのです。あくまで家系図上での話ですから、もしかすると他にも犠牲になった花嫁はいたかもしれません。こうして「御嫁様」は生まれ、その加護か、酒々井の敵家は流行《はや》り病にほぼ死に絶え、家土地を失っていったとか。

そうして次の世代から「御嫁様」は酒々井の男を呪い、家を護る存在となりました。

祖母はこの話を聞き、「御嫁様」のことを非常に恐れていたのです。そうして本来ならば姑から嫁へと語り継ぐべきこの物語を、堅く押し黙って漏らすまいと心に決めたのだそうです。そうして人々の記憶から消え、忘れ去られればいつか、「呪い」などなくなるものだと信じていたのかもしれません。

この真実に触れた私はというと——ええ、正直言って、とても興奮しました。彼女があんなにも、あまりにも美しかったのは、処女の血肉を捧《ささ》げられてきたためなのです。酒々井のために犠牲になった数多《あまた》の生娘の生皮——許されるものなら、面の隅々までじっくりと確かめ、この指で触れてみたい。今でもそう願っていますが、はは、これはなかなか、未《いま》だかないません。

一刻も早く彼女を自分の花嫁にしたい。一目でいいから会いたい。その想《おも》いは日に日に強くなるばかりです。そこで私は、大学時代に同じワンダーフォーゲルサークルに入っていた志保乃《しほの》という娘に目を付けました。志保乃には大学時代から交際していたUという男がいて——それは私の親友だったのですが、私は内心、彼女にずっと横恋慕をしていたのです。もちろん、面を愛する心があっても生身の女性へ感じる欲望は別物ですからね。

ちょうどその折、志保乃の恋人が雪山登山の途中に遭難して死亡し、私たちはその葬儀で再会したばかりでした。ここぞとばかりに私は彼女を慰め、真摯に向き合い、信頼を勝ち取って、プロポーズへとこぎつけたのはUの死から一年後のことでした。その後順調に籍を入れ、それから以降はもう五年になります。

志保乃は「御嫁様」の詳細をもちろん知りません。やはり、古い家にある変わった骨菫品のひとつだと思っているようです。

今、妻は妊娠していて、三ヶ月後には男子が生まれる予定です。これで私もいよいよお役御免かもしれませんが――死ぬ前にもう一度、「御嫁様」を拝みたいものです。あれは本当に美しい。この世のなにものも叶わぬ魔性の美です。どんなに恋い焦がれても容易《たやす》く逢えない、それがまた「御嫁様」の呪いのひとつなのかもしれませんね。

＊＊＊＊

「……呪い」

最後のピリオドを打ち終え、成海に原稿を送信した時、私は無意識のうちにその言葉を呟《つぶや》いていた。

凪の言葉が蘇《よみがえ》る。まさかの、第一回目から引き当ててしまった。

――呪いは私たちの常識の範囲内で効く。

だとすれば、こうして引き寄せてしまうことそのものが既に自分へも呪いが効いている証拠と言えるのではないか。

「はは。なんてね。大袈裟《おおげさ》」

それにしても奇妙な話ではある。家に代々伝わる謎の面、その面に恋する男。話をする酒々井ははじめどう見ても良識ある社会人というふうだったが、話が「御嫁様」に至るとまるでうっとりと夢見るようなうつろな眼差《まなざ》しになったのが印象的だった。

私は彼の告白の一か所がどうしても気になって、けれど訊ねることができずにいた。

「志保乃の恋人、Uが死んだ」というくだりである。

「御嫁様」に会うことができるのは婚姻の儀式と、呪いの儀式の時だけだ。当時「御嫁様」の持ち主は紗也子だが、もし酒々井氏が「願う者」であれば儀式に参加することができたはずである。

――Uの死は本当にただの偶然だったのだろうか。

ぶるりとひとつ震えが来て、気付くと、両腕にびっしりと鳥肌が立っていた。

「まさか。そんなわけはないでしょ。第一、呪いなんて本当にあるのか、疑わしい」

私はひとりごちる。そもそも酒々井氏を紹介したのはあの青葉である。もしかすると彼は作家の卵か何かで、創作話を披露してくれたという可能性も捨てきれない。

――その割には、「御嫁様」を語る時の彼の表情は演技とは思えなかったが。

「……考えても仕方ない。寝よ」

シャワーを浴び、寝る前にとメールボックスを確認すると、さっそく成海から原稿拝受の連絡が届いていた。驚いたことに既に読み終え、絶賛の感想を送ってきてくれたのである。相当にやる気のある編集者のようだ。さすが、青葉の寄越《よこ》した人材なだけはある。

『酒々井氏の話から御嫁様に対する執着を抽出し、いっそう不気味さの増す素晴らしい原稿になったと思います』

少々褒め過ぎかとも思われるその文言に悪い気はせず、私は成海に丁重な返信を送ってからＰＣの電源を落とし、ベッドへと入った。


気付くと見知らぬ女性と車に乗っていた。

私は運転席で、Ａ４サイズの茶封筒を胸に抱えている。彼女に、この企画書を見せなくてはならないようだ。

女性の年頃は私より少し若いだろうか。黒いおかっぱ頭が印象的だ。道路は混雑していて、車は遅々として進まない。隣で彼女が苛《いら》ついているのが分かる。

「この先にファミレスがありますから、そこで話をしましょう」

と、私は言った。何となく、明るく、人の多い場所に行きたかった。

彼女の不機嫌が深まった。

「そんなところじゃ煩《うるさ》くて話にならないわ。もっと静かな場所でないと」

どうやら相当に気難しい女性のようだ。彼女の機嫌を損ねぬように、私は言う通りに道を辿《たど》った。しばらく走って辿り着いたのは、なにやら森の入り口だ。

駐車場に車を停《と》め、外へ出ると気持ちの良い風が髪をなぶった。爽やかな深緑。緑の隙間からキラキラと陽《ひ》の光が漏れている。とても気持ちのいい場所だ。

「この上に」

女性は山の上を指さした。

「いい施設があるから、そこへ行って話をしましょう」

私は山の上を見上げる。木々に阻まれてここからでは建物は見えないが、咄嗟《とっさ》に胸に浮かんだのは、そこが何か、宗教に絡んだ施設だろうということだった。しかしこんなに気持ちのいい場所に建っているのなら、きっとそこは良い場所に違いない。

私は女性と共に山を登り始めた。さきほど下から見た時は穏やかな山道に見えたのに、実際登ってみるとそこはジャガイモのような岩がゴツゴツと連なる険しい岩道だった。

私はほぼ這《は》うようになりながら山道を登る。岩肌の横には枯れた川があって、その底は何か赤黒い水で汚れていてとても降りられそうにない。彼女はまるで足に吸盤でもついているように、すいすいと険しい岩道を登って行ってしまう。

とんでもない場所に来てしまった。先程までの清々《すがすが》しさは既に私の中から消えていた。一呼吸置こうと立ち止まると、岩に隠れて分かれ道があることに気付いた。ぐるりと山を回るようなその道は、遠回りにはなりそうだが傾斜が緩やかで、鬱蒼《うっそう》とした深い森へと続いている。どうやらこの道を通っても山頂には辿り着けるのではないか、と私は予想した。

「私はこの道を行きます」

同行する女性に宣言して、私は森へと足を踏み入れる。

「あなたもどうですか？　こちらのほうが登りやすそうですよ」

私は親切心で女性にそう訊ねた。

彼女はこちらを振り返り、笑顔で答える。

「私はいいわ。だってそこで死んだことがあるの」

ハッとして顔を上げると、私を取り囲む木々のあちこちで何人もの女性が首を吊っていた。

思わず後ずさる。吊るされた女たちの顔が一斉にこちらを振り向く。朽ちかけた幾本もの右腕が上がり、その人差し指がまっすぐにこちらを指し示す。真っ黒い眼窩《がんか》の奥に瞳はなく、次の瞬間、彼女たちの顎が外れたようにがばりと開いた。

――あはははははは。

――ゲラゲラゲラゲラ。

――ひーっ、ひははははははは。

真っ赤な口腔《こうくう》の奥から迸《ほとばし》る数多の哄笑《こうしょう》が森中にこだまする。

「はっ」

目を開くと暗闇だった。

――夢。

どっ、どっ、どっと激しく鳴る心臓が痛む。私は布団の中でゆっくりと深呼吸を繰り返した。寝汗がべったりと首や背中を濡《ぬ》らして気持ちが悪い。クーラーが利いていないのだろうか。しかしリモコンを探すのに布団から腕を出すのがためらわれた。その腕を、何者かに捕まれてしまうような気がする。

なんだか、とても怖い夢を見てしまった、と思った。夢の中ではそこまでの恐怖を感じなかったが、今思い返してみるとなぜかとても恐ろしい。

「企画書……ゲーム？」

あの企画書には、今している仕事の内容が書かれていた。そんな気がする。では傍らにいたあの女は誰だろう。そしてあの森の中、私をぐるりと囲んでうつろな目を投げかけて来たあの死者たちは？

そこまで考えて、私はふっと息を吐いた。

夢に何かをこじつけ、そこに意味を見出《みいだ》そうとしている自分に気付いたのだ。

――バカバカしい。ただの夢じゃないか。

きっと、酒々井に聞いた話のインパクトと、凪の脅しが無意識に働いてあんな夢を見たのに違いない。

起き上がって電気を付けよう。それから水を飲んで落ち着いて。そう思いながら、なかなか布団を出る勇気がでない。

——呪いは私たちの常識の範囲内で効く。

死の森に一歩踏み込んでしまったのは、果たして、本当に夢の中だけの話なのか。

布団の中で呼吸を整えるうち、いつの間にか私は再び眠りについていた。

第二章　黒い顔

「善《よ》くないね」

電話の向こうで、開口一番、凪はそう言った。

「よ、よくない……かなあ」

「うん。私は、その仕事は断った方がいいと思う。それ以上変な話に関わらない方がいいよ」

人の気も知らないで、随分とあっさり断じてくれる。

先日の酒々井氏の原稿を書き上げた後に見た奇妙な夢と、酒々井氏の語りそのものについて私は彼女に意見を求めていた。

「でも、語り自体は酒々井さんの創作って可能性もあるんじゃないかと思うんだよね。何しろ、出水さんの紹介だし」

私は「御嫁様」「呪い」「企画書」と、凪に説明しながら取り留めなくメモ帳に書いた文字をぐしゃぐしゃと黒丸で塗り潰しながら言った。酒々井氏を紹介してくれた出水青葉という男は、記事のために「仕込み」をしたり、事実に反するギリギリのラインまで大袈裟《おおげさ》に話を盛ったりすることを厭《いと》わないタイプの編集者だった。マスコミ的、と言えないこともないかもしれない。

それゆえに、私は酒々井氏の話を完全には信用できない部分があった。

「その『御嫁様』ってやつね。うーん……にわかには信じ難い話ではあるけど、なんか、凄《すご》く厭《いや》な感じがする。私は嫌い」

きっと苦虫を嚙《か》み潰したような顔をしているのであろう凪が吐き捨てる。

「ま、まあ、怪談だからね。嫌悪感を感じるような話であればこそってことで、だからこそわざと作られた話かも？　って」

「いや、もちろん、胸糞《むなくそ》悪い話ではあるよ。初夜の花嫁の顔の皮を剝いで無理やり子供を産ませるなんてさ。でもそういうことじゃなくて——何だろう。その話は『穢《けが》れてる』って感じ」

「穢れてる？」

「私には、その、酒々井って男の人の身体《からだ》にべったりとへばりついた真っ黒いヘドロみたいなものが見える」

一体凪には何がどのように「見え」ているというのか。私は電話越しに、彼女に酒々井氏のことを語っただけに過ぎないというのに。

「その、酒々井って人の話が全部嘘《うそ》だとは私には思えない。多少のフェイクが入っているにしても、きっと『御嫁様』か、限りなくそれに類似したものが本当に彼の家にあるんだと思う」

凪の声はどこか遠くに見えるものを探るような響きだった。

「何より、ピンポイントで呪いの話が選ばれたことに私は恣意的なものを感じるな。その、出水ってのは信用できる人なの？」

凪の言葉に、私はギクリと声を呑《の》んだ。

青葉が信用できる人物かどうか——というのは、非常に微妙な話である。「モノを売ること」、つまり、編集者としての彼の仕事を私は全面的に信用している。それはつまり、彼のことを目的のためなら手段を選ばない人物であると捉えているということでもあった。

一度だけ身体を重ねた夜、青葉は戯《たわむ》れに私の首を絞めながら言ったのだ。

「ねぇ、いつきちゃん、君が困っていたら必ず助けてあげるから、その時には俺を疑わずに働いてくれよ」

その時の、彼の、冷たくも鋭い瞳に見据えられたあの感覚——。

ぞくりと下腹部が痺《しび》れた。何年も前の話なのに、未《いま》だにあの彼を思い返すと欲情する。

「し、信用、できると思う。たぶん」

なんとか答えた私の声は掠《かす》れていた。

作家、クリエイターにとっての成功とは自分が手掛けた作品が売れて高く評価されることだ。そのためなら多少の犠牲を払っても構わないと、ほとんどの創作者が考えているのではないかと思う。

――であれば、呪いのひとつやふたつ。

実害があるわけじゃなし、関わることになってもいいのではないか。多少のリスクなくして成功は得られないものだ。そもそも、万が一呪いとやらが本当にあったとして、直接こちらが狙われているわけではない。あくまで私は話を聞くだけの傍観者である。

「……ふぅん」

受話器の向こうから聞こえて来た凪の声は「腑《ふ》に落ちない」を絵に描いたようなものだった。

「まぁ、あんたの仕事に私は口を出す権利はないからね。でも、何かおかしいと思ったら絶対に立ち止まって、相談してね。お願いだから」

「うん……ありがとう。まあ、そんな大袈裟な話ではないと思うよ。今思えば私の見た夢だって、酒々井氏の話に影響されただけっていうか」

「それだけとは思えないからわざわざ連絡してきたんじゃないの?」

「そ……それは、そうだけど……」

「とにかく、気を付けて」

これ以上説得しても無駄と思ったのか、凪はそう言ってさっさと電話を切ってしまった。

正直、私はこの時さほど深刻に考えていなかった。呪いなどというフワフワとした実体のない恐怖よりも、明日の飯代の方が大事だ。

青葉から次に紹介されたのは聡見莉代子《さとみりよこ》という女性だった。成海によると、初めは取材そのものに乗り気ではなかったのだが、インタビュアーが私だと分かると渋々応じてくれたのだそうだ。どうやら、私の書いた本を気に入ってくれているらしい。

「初めまして、齋藤先生。聡見莉代子です」

所定の会議室へ現れた彼女は、人の良さそうな笑顔で右手を差し出してきた。四十五歳の莉代子は十年前に離婚し現在シングルマザーで派遣社員をしているが、結婚前には編集者をしており、その縁で青葉と知り合ったのだという。

「出水さんとはそれきりのお付き合いでしたので、今回ご連絡を頂いて正直、驚きました。それに、私の『体験』のことをどうしてご存じなのか……」

席に着くと、莉代子は少し困ったように苦笑した。

「確かに当時から、少し不思議な方ではありました。あの頃はオカルトブームでしたし、そういった企画をよく出してらしたのも不自然ではありませんでしたけど、きっと個人的にもそういうお話に興味がおありだったんですね。それで、どこからか私の話を聞きつけていらしたようで。初めはお断りしたんですけど」

莉代子の言葉には「本当は自分の体験を話すのは不本意である」という態度がありありと表れていた。元々人にそういった話をするのが嫌なのかもしれないし（凪もそのひとりだ。他人から色眼鏡で見られたくないという）、青葉に対する不信感のようなものも言葉の端々から感じ取れる。確かに、現役時代から青葉の情報網は不自然なほど広い。情報集めのため倫理的にグレーゾーンな手段へ踏み込んでいるのではないかと思えることすらあった。

「でも、齋藤先生が関わっていらっしゃると聞いて。それならって」

「光栄です」

私はぺこりと頭を下げた。

「デビュー作の『恋する鳥籠』、大好きなんです。あ、今日、持ってきてるんですけどサインいただけますか？」

「あ、はい。もちろん。ありがとうございます」

私は笑顔で、僅かに表紙の端が折れた『恋する鳥籠』の文庫本を受け取った。もう十年以上前に刊行された作品のわりには綺麗《きれい》に保存されている。当時少しばかり流行していた官能恋愛小説のコンテストで佳作を受賞し、僅かに売れて映画にもなった作品だった。しかしそれきり私は鳴かず飛ばす、数冊の本は出したが代表作と言える作品もこれ以外にない。

表紙の裏にサインをしたため、莉代子に渡すと彼女はそれを大切そうに封筒へ入れて鞄《かばん》へ仕舞った。嬉《うれ》しいけれどちょっと複雑な気分だ。私にもそろそろ、何か、新しくやり甲斐《がい》のある仕事が欲しい。多くの人の記憶に残るような作品を作りたい。

「この出版不況の今、それは紙の小説本とは限らないんじゃないか」

私をこの仕事に誘った時に青葉が力説した言葉を思い出した。彼は勘のいい編集者だった。今回のアプリも、きっと人気が出るに違いない。そうすれば小説どころではなく沢山の人が私の仕事の成果を見てくれることになるかもしれない。

ぞくり、とうなじの産毛が逆立つのを感じた。武者震いだ。

「では。ぜひ、お話を聞かせてください」

私は莉代子の目を見詰め、力強くそう言った。

＊＊＊＊

「黒い顔」語り部：聡見莉代子

私、近いうちに死ぬ人が分かるんです。

そのことに最初に気付いたのがいつだったか、はっきりとは覚えてはいません。ただ物心ついた時から、時折、顔が黒く「もや」が掛かったように見える人がいることを不思議に思っていました。それが「人が死ぬしるし」だと分かったのは、おそらく幼稚園とか小学校の低学年とか、そのあたりのことだったでしょう。いつの間にか「ああ、この、顔が黒い人はもうすぐ死ぬんだ」と、幼い私は覚えていました。十歳の頃、一見元気そのものだった母方の祖母が亡くなることが分かった時には大泣きし、母に「おばあちゃんが死んじゃう！」と訴えて「縁起でもないことを言うな」とひどく怒られたものです。その数週間後に、祖母には末期がんが見つかりました。表向きはなんともないふりをしていた母は内心動揺していて、私を不気味そうな目で見るようになりました。それ以来、「ああ、これは人には言ってはいけないことなんだな」となんとなく私は悟ったのです。

黒くもやが掛かって見える人は私の知る限り、ほぼ確実に数ヶ月以内に亡くなるのですが、二度だけ例外がありました。そのひとつは……以前、Ｉという政治家が大病を患って休職したのを覚えていますか？　そう、あの、元映画監督の。彼の顔にも、テレビ越しにハッキリと黒いもやが掛かっていました。

ああ、残念だけどもう長くない、この人の復帰はないだろうな、と私は確信していたのです。

ところが、それから半年ほど経《た》った頃でしょうか。すっかり病気を克服して元気になった I 氏は再び政界へとカムバックしました。

世間はこのニュースに持ち切りで、こんなこともあるんだなあ、自分の第六感も大してアテにならないなと思いながらTVに映る彼を見ていた私は奇妙なことに気付きました。確かに、彼の顔を覆っていた黒いもやはすっかり消え失《う》せています。しかし、その内面——魂とでもいうのでしょうか、それが、以前の彼とはなぜかまったく別物のように私には感じられたのです。心なしか、顔つきまでがまるで別人にも見えてきます。

おそらくI氏は西洋医学的な治療の他に、特別な祈禱《きとう》か何かをなさったのではないでしょうか。とにかく、彼の「ガワ」は以前と同じであるのに、「命」そのものはまるで別人のもののように私には思えました。もしかすると誰か——赤の他人に灯《とも》っていたはずの命の炎を彼は奪ったのかもしれませんね。いえ、全て、私の臆測でしかないのですけれど。

まぁこれが私の、得にもならない一種の特殊能力です。見えても困るばかりで、結果が現れるのを手をこまねいていることしかできないこの力には随分と振り回されましたが、大人になった今では誰かの顔にもやが見えても簡単には動揺しないくらいの慣れと精神力を身につけることができたと思います。え、幽霊ですか？　それはまあ……人並みに多少は見えることもありますが、こちらに関しても本当にただ見えるだけ。もやのことも霊のことも、なるべく見ない振りをしてやり過ごし、平穏に生きるよう心掛けるしかありません。

けれど、そんな私が心穏やかでいられない、恐ろしい体験が一度だけありました。今回お話しするのはその時のことです。

始まりは、まだ私が結婚をする前。ちょうど青葉さんと一緒に働いていた頃ですね。私の幼馴染《おさななじみ》で親友の亜矢《あや》が当時交際していた恋人とあるマンションへ引っ越したことでした。

荷物の片付けが終わった頃を見計らい、私は引っ越し祝いに彼女の新居を訪ねました。指定の駅を降りて地図の通りに道を歩き——その建物が徐々に近づいてきた瞬間、はっきりと嫌な予感を感じたことを覚えています。

そこは築年数が経っているわりにはきちんとリフォームされた小綺麗なマンションでした。土地としては山に近いのですがまるで海辺のリゾートホテルのような造りになっていて、マンションのエントランス入り口横には南国を思わせるシュロが左右に植えられています。亜矢はそれが気に入って、一発でこの物件に決めたのだと言っていました。

晴天の空の下、マンションの壁は洒落《しゃれ》た趣きでこて跡風の凹凸を活かして白く塗られていましたが、なぜだか私にはじっとりと薄暗く感じられました。今まで、人の顔が黒く見えたことはあってもこんな風に場所や建物自体が暗く見えたことはありません。私は正直、その中へ足を踏み入れることすら戸惑ってしまいました。

けれど、亜矢はもう引っ越しを済ませてこのマンションの一室に住んでいるのです。私もここまで来て逃げ出すわけにはいきません。せめて彼女の部屋がまともであることを祈りながら、私はインターホンに亜矢の部屋の番号を打ち込みました。

「あ、莉代子？　待ってたよ！　入って」

スピーカーから聞こえてきた声が明るいことに私はほっと胸を撫《な》で下ろしました。これならきっと、大丈夫に違いない——きっとこの嫌な感覚は私の気のせいだ。そう思ったのです。

しかし、五階建てのマンションの四階、亜矢の住む階でエレベーターを降りて廊下へ出た瞬間に私は強い違和感を覚えました。

廊下が、中庭に向かって斜めに傾いているのです。

一瞬、ここは欠陥建築か何かなのかと訝《いぶか》りました。とある業者によるマンションの手抜き工事が話題になったりしていた時代です。傾いた床や歪《ゆが》んでひび割れた壁などが連日TVで報道されていて……だから最初はそういう現実的な要因を疑ったのですが、しかしすぐに、これはそんなものではない、と気付きました。

現実の廊下が傾いているわけではないのです。私の体が、何がしかの力によって中庭側へと引っ張られているためにそう感じるのでした。

——歪んでいる。

そう思いました。あの、バットの先に頭を付けてぐるぐる回って、まっすぐ歩けなくなる遊びを子供の頃しませんでしたか？　あんな感じで、どうにも足元が覚束《おぼつか》ないのです。

これは普通じゃない、と思いながら、私は亜矢の部屋へ急ぎました。中庭に面した廊下の柵が妙に低く感じて、気を抜くと引き摺《ず》られたまま飛び越えてしまいそうで怖くなります。その歪んだ空間の先、廊下の突き当たりに亜矢の部屋はありました。

やっとのことで彼女の部屋の前まで辿《たど》り着いた私は、再度インターホンで彼女を呼び出しました。

「鍵、開いてるよー。入って！」

亜矢の朗らかな声に再び救われた気持ちになりながら、私はその部屋のドアを開きました。その瞬間、亜矢のものでしょうか、ふっと化粧品か香水のような香りを一瞬感じましたが、すぐに美味《おい》しそうな食事の匂いに紛れて分からなくなってしまいました。

（ああ、よかった。部屋の中は明るい）

まず安堵《あんど》したのはそのことです。

マンション全体の暗いイメージに比べ、亜矢の住む部屋はかなり明るく私には感じられました。今思えば、引っ越して来たばかりで、彼女たちの生命力のようなものが強く影響していたせいかもしれません。ともあれ私は一安心して、リビングのソファに腰を落ち着けました。

「今日はご馳走《ちそう》をいっぱい作ったからね！　彼が！」

屈託のない笑顔でそういう亜矢の背後で、年下の彼氏のアキオ氏がはにかんだ笑みを浮かべています。

亜矢の恋人は、いわゆる当時の世間でいう「ヒモ」のようなものでした。やり手の会社員である亜矢の代わりに、彼が家にいて家事全般を担っているのです。ヒモというと聞こえは悪いですが、今であれば「主夫」ということになるのでしょうか。世間ではどういわれようと、はたから見る限り、亜矢と彼の関係はうまくバランスが取れていて良好でした。

トマトとモッツァレラのカプレーゼ、アボカドとグレープフルーツのサラダ、トリッパの煮込み、手作りの燻製《くんせい》に魚介のパエリア。食卓に並んでいたのは本当に手の込んだ美味しい料理の数々で、私はワインと共に素直に舌鼓を打ち、彼の料理の腕を褒めました。明るく会話も弾み、亜矢が幸福そうなことに私の胸にも喜びが溢《あふ》れます。

マンション全体の暗い印象や廊下で感じた空間の歪みなど、取るに足らないことのようにその時には思えました。微《かす》かな不安を見て見ない振りをしてしまったのだと思います。

しかしそれから、少しずつ少しずつ、彼らの生活には密《ひそ》かな影が落ちてゆくことになるのでした――。

「ねぇ、莉代子って霊感とかある人だったよね？」

引っ越し祝いから三ヶ月ほど経ったある日、そう電話を掛けてきた亜矢の声は、僅かに沈んでいました。私は一瞬ドキリとしましたが、深刻というほどではない……そう判断できる程度の声音だったと思います。疑惑や懸念を滲《にじ》ませた、という雰囲気とでもいいましょうか。

「え？　えっと、うん……そんな、霊感っていうほど大したものじゃないけど。どうしたの？」

彼女が私に対してそんな話題を振ってきたことは今までになく、私は慎重に答えました。怪しがらせてはいけないし、ガッカリさせてもいけない。そんな気がしたのです。

「それが……あのね、こんなこと言うのはおかしいんだけど。気のせいかもしれないんだけどさ。何か、うちの部屋、ちょっとおかしいかもしれない」

亜矢の言葉にはためらいを感じました。

「おかしいって？」

「こんなこと言って信じて貰《もら》えるか分からないんだけど……」

ここからは彼女の言葉を借りて語らせていただきます。

*

あのね、いちおう言っておくと、私が何か見たとか聞いたとか、そういうことじゃないの。全部彼——アキオが言い出した話だから、本当のことかどうかは分からないのよ。うちは私が働いて、彼が家事をしているでしょう？　当然、昼間は彼がひとりで部屋にいることが多くなる。

そんな中で彼が言い出した、最初はなんてことないひとことだったの。

「ねえ、このマンションってペット可だっけ？」

夕食時、彼がそう口にしたのは莉代子がお祝いに来てくれた一ヶ月後くらいのことだったと思う。

マンションは私の名義で契約してあって、ペットについては私も確認した覚えがあったから「ううん。不可だったと思うけど」って答えたの。

「そうか……」

すると、彼はなんとなく腑に落ちない様子で少し首を傾《かし》げたわ。

「なに？　どっかの部屋から動物の鳴き声でも聞こえるの？」

「うん……でも、気のせいかもしれない。春だし、外から猫の声でも聞こえてるのかもな」

彼は思い直したようにそう微笑《ほほえ》んで、その日はそれで終わった。この時の献立は春野菜の天ぷらとシラス豆腐。近所に安くて新鮮な旬の食材が豊富なスーパーを見付けたって、アキオが喜んでたのを覚えてる。

それから、しばらくは特に問題はなかったのね。今思えば、たまに、私の帰りが遅い時なんかに彼の表情が暗いことがあった気がするけど……気になるほどじゃなかったと思う。思うっていうのは、繁忙期で急に私の仕事が忙しくなっちゃって……あんまりアキオと話をする時間が取れなくなっていたのね。だから、正直、彼がいつからこんな風になっちゃったのかはっきりとは分からないの。それに私、その頃から何だかとても夢見が悪くて……週に何度も、嫌な夢を見て魘《うな》されることがあって。アキオとはシングルベッドをふたつ並べて寝ていたから、彼は気付いてなかったと思うんだけど、夜中に何度も目を覚ますことが多くて、ちょっと疲れていたから。

え？　うん、こんな風っていうのは、なんていうのかな。鬱状態みたいな……段々、料理の手を抜いて来てるかな？　出来あいのものを買ってる日が多いな、くらいは思ってたんだけど。でも、別に私はスーパーのお惣菜《そうざい》でも出前でも気にしないし、部屋の掃除が行き届いていないのも、引っ越し当初に張りきりすぎて疲れが出たのかな、くらいに軽く考えてた。それが、先月くらいの話。

私が決定的に彼の様子がおかしいことに気付いたのは先週。大型連休があったでしょう？　私も久々に休みが取れて、家でのんびりしようと思って。恥ずかしい話なんだけど、そこでやっと、アキオが家事をほとんどしなくなっていることに気が付いたの。

その日は私、朝の十時くらいに目が覚めた。

「アキオ、珍しく遅くまで寝てるな。たまには私がご飯を作ろうかな」って冷蔵庫を開けたら、中には何も食材が入ってなくて。代わりにカップラーメンとか菓子パンとか、そんなものが山のように買い込んであってね。あれ？　と思ってあたりを見渡してみたら、家の中はなんだか荒れてて、溜《た》まった洗濯物も山に――。

うん、おかしいと思うんだけど、私、本当に気付いていなかったのよ。毎日、疲れ果てて仕事から帰ってきたらもうアキオは寝てて、テーブルに並んだご飯をチンして食べて私もシャワーを浴びて寝る、みたいな生活が数週間続いていたせいだと思う。私はアキオを信用しきっていて、正直言えば甘えてしまっていたから、家の内情がまったく目に入ってなかった。

でも、ほとんど枯れた状態の観葉植物たちの鉢を見て、さすがにこれはおかしいと感じたわ。ドラセナもチトセランも、前の部屋に住んでた時からアキオが大事に育ててたんだよ。それをこんなになるまで放置してるなんて……だから、私、寝室で寝ているアキオに向かって声を掛けたの。

「アキオ、具合でも悪いの？」

　返事がないから近付いてみてぎょっとした。彼はベッドに横になりながら、これでもかというくらい目をぱっちりと大きく開いて空を見つめていたわ。

「な、なんだ……起きてるなら返事してよ。大丈夫？」

　再び私が掛けた言葉にも、アキオは応えなかった。その代わり、小さな声でぽつんとひとこと「聞こえる？」って言ったの。

「え？」

「聞こえるだろ？　もう、これ、毎日なんだ。いったいどこの部屋で飼ってやがるのか、俺、両隣に怒鳴り込んでやったんだよ。それなのにあいつら、しらばっくれやがって。こんなに煩《うるさ》いのに、何も聞こえないとか言いやがる。そんなわけねえんだよ、ギャーギャーギャーギャー、変な動物の声が毎日毎日……ここの住人、みんなでグルになって俺に嫌がらせしてるんだ」

　まばたきもせずに、アキオは一気にそう言って両手で耳を塞いだ。それで私、ようやく、何か彼に大変なことが起きているんだって気が付いたんだ。

「なあ、亜矢にも聞こえるよな？」

ふいに、彼は真っ黒な目をギョロリと動かすと私をまっすぐに見据えてそう言ったわ。私はギクッと一瞬身を竦《すく》ませて……気付いたら、咄嗟《とっさ》に嘘を吐《つ》いてた。

「う、うん。これ……何の声？」

その言葉を聞いたアキオの瞳は僅かに揺らいで、やっと光を取り戻した感じがした。そうして一回、ぱちくりと瞬きをしたら、次の瞬間にはいつものアキオの顔に戻ったの。不安で泣きそうな、でもどこか安堵したような、不安定ではあったけど確かに正気の表情だった。

「ああ、よかった。だよな。俺がおかしいわけじゃないよな。分かんないんだよ……猫にしては声がでかいし、猿とか？　そんなモン、普通飼うか？　それに、これ、一匹じゃないだろ。そんなに広い部屋でもないのに一体何匹いるんだ……あ」

アキオは自らの耳を塞いでいた手を、ふっと離して顔を上げた。

「やっと止まった」

私はゴクリと唾を呑んで、それから「じゃあ、ご飯にしようか。たまにはどこかにゆっくりブランチでも食べに行こうよ」って彼に声を掛けたわ。刺激しないように、優しく。アキオはやっと安心した顔で「うん」って頷《うなず》いてくれて、それで私たち、なんとか支度をして部屋を出たの。

そうして近所のカフェでサンドウィッチを食べながら、私は「あの声、いつから聞こえるの？　どんな時に聞こえるの？」って訊《き》いてみた。あの声っていっても、私には分かんないんだけどさ。

「大体、毎朝あの時間かな。亜矢が仕事に行ってしばらくした頃。最初はもっと小さな声だったんだけど……数が増えたんだな、きっと」

　そこで、私はいつか彼が「ここってペット可だっけ？」って訊《たず》ねてきたことを思い出したわ。

「毎日なの？　朝だけ？」

「いや。朝と夕方、きっかり二回。エサの時間とか関係あんのかな？　それが、日によって三十分も一時間も続くんだ。俺、もう、あの声を聞いてると頭が痛くなってきて、頭ン中ぐちゃぐちゃんなって何にも考えられなくて……最近、昼間はずっと布団被《かぶ》って寝てるんだよ」

　なるほど、だから、あんなに家が荒れていたわけね。彼が家事をしなくなった理由は分かったけど、このあといったいどうすればいいのか、さっぱり分からなかった。最初に疑ったのは心の病気で、病院に連れていかなくちゃと思ったんだけど……朝のあの調子では、彼の言う「鳴き声」が幻聴だなんて言ってもきっと素直に受け入れては貰えないに違いないって思った。

　彼はサンドウィッチにひとくち口を付けただけで、あとはちびちびとオレンジジュースを飲んでいて、こうして陽《ひ》の光の下で見ると明らかに顔色が悪かった。頬もやつれて、目の下には濃いクマが……ショックだったわ、いくら忙しいっていっても、一緒に住んでいる相手がこんなになるまで気が付かなかったなんて。

そんなことをぐるぐると考えながら表面上は穏やかに話を聞いていたら、続いて、彼が妙なことを言い出したの。

「それにさ。なんか、部屋も変なんだ」

「変って?」

「……最初は気のせいかと思ったんだけど。よく、リビングの床にさあ、小さい手のあとがついてるんだよな。手垢《てあか》っていうのかな。まるで赤ん坊がハイハイするみたいに、ぺたり、ぺたりって。拭けばすぐに取れるんだけど」

私は、背中に一粒の氷を垂らされたみたいな気分になった。

何でかって……私がそれまでずっと見ていた悪夢。それが、全部、赤ちゃんに関するものだったからなの。

一番よく見たのは、私が赤ん坊を産んで、それをすぐに取り上げられる夢かな。苦しい思いをして、汗まみれで、うんうん唸《うな》ってようやく赤ちゃんを産み落として……「ああ」と息をついて小さな身体を抱き上げようとしたその瞬間、横からバケモノみたいに大きな手がそれを攫《さら》っていって、一瞬のうちにぐしゃりと握り潰してしまうのよ。たぶん、叫び声をあげて起きたこともあったと思う。そんな時も、アキオはぐっすり眠っていたけど……。

他にも、冷蔵庫を開けると赤ん坊の死体がいくつもみっしり詰まっているとか、ゴミ袋いっぱいに詰められた赤ん坊がゴミ収集車に放り込まれてミシミシと潰されるとか——私は毎晩のようにそんな夢を見ていたの。でも、それには心当たりもあってね。私、子供を産むならそろそろきちんとアキオとの結婚を考えなくちゃいけないし、でも、仕事を休むことはできないし……引っ越しを機にそんなことを悩んだりしていたから、そういう不安が夢に現れていたんだと思ってたのね。

もしかするとアキオも同じような不安を抱えていて、だからそんな幻覚を見たのかもしれない。その時はそう思ったわ。

でもね。家に帰ってよく見てみたら——あったの。

埃《ほこり》を被った床の隅に、小さな手のあとが。ぺたぺた、ぺたぺた、何度も行き来したみたいに、あちこちに。

＊

以上が亜矢から掛かって来た電話の内容です。

残念ながら、私にはこういったことを見極める強い霊感のようなものはありません。話を聞いただけではそれが何か霊的な事象なのか、アキオ氏の心の病が引き起こしている症状なのかも判断ができないのです。直感的に何か恐ろしいことが起こっているという予感がありましたが、その理由も分からないし……お恥ずかしいですけれど、本当に、私には何の力もないのです。ただ、いつも、見えるものに振り回されるだけ。

けれど今回はただ黙って見過ごしているわけにはいかない、と思いました。亜矢は私の大切な親友です。彼女がＳＯＳを発しているならばできる限り力にならなくては、そう思いました。それに、彼女が繰り返し見るという夢の内容も気になります。

アキオ氏の聞いている何かの鳴き声、床に付いた手形、亜矢の夢……全てに共通しているのは「赤ん坊」というキーワードではないかと思いました。猿のようにぎゃあぎゃあと泣き喚《わめ》くのは、赤子の声ではないでしょうか？

「とりあえず、もう一度家にお邪魔してもいいかな」

亜矢の話を一通り聞いた私はそう訊ねました。

「もちろん！　いつでも来て！」

ほっとしたようにそう言う彼女と、私は翌週に約束を取り付けました。私なんかがもう一度彼女の部屋を見ても何も分からないかもしれない。何しろ、最初の時には何も感じ取ることができなかったのです。でも、確かにあのマンション全体は暗い雰囲気だった――その勘は見過ごしてはいけないもののように思いました。私にできることなんかないかもしれないけれど、もし、何か少しでも分かることがあれば伝えたい。そんな一《いち》縷《る》の望みを賭けて、私は再び亜矢の部屋を訪れました。

今度も、ふたりは私を大歓迎で迎えてくれました。具合が悪いというアキオ氏も笑顔で――ただ、テーブルに並べられた料理はケータリングの惣菜になっていましたが。部屋の中も、私が見る限りでは精一杯に整えられているように見えました。もしかしたら無理をしてくれたのかもしれません。本当は、日常そのままの様子を見られた方がよかったのですが。事実、赤ん坊の手形というのを私は確認することができませんでした。けれどひとつだけ、私にとっては何よりも恐ろしい、確実に以前とは違うことがあって――私を迎え入れたふたりの顔に、黒く「もや」が掛かっていたのです。

私にはっきりとした霊感はありませんが、その、もやの感覚だけは幼い頃から慣れ親しんできたものです。残念ながら、ただの気のせいとは言えないほど、私はその黒い影のもたらすものを今まで体感してきていました。

なぜ急にふたりの顔に「コレ」が？

一目見た瞬間に背筋がぞっと震え、泣きそうになりました。けれど私はなんとか平静を保ちつつ、まだ間に合うかもしれない、数少ない例とはいえ、もやが出たあと生き延びたＩ氏もいた――私にも、コレを消すことができるかもしれない。そう考えることにしました。

表面的には笑顔を崩さず、何も気付かない振りをしながら、私は部屋の中で懸命に勘を研ぎ澄ましました。今まで何も抵抗できなかった、どうしようもなかった能力が役に立つ時があるのなら今、この瞬間以外にないと思いました。

「アキオさん具合が悪いって聞いたけど、思ったより元気そうでよかったよ」

ケータリングの唐揚げを頬張り、ビールを開けながら私がそう言うと、アキオ氏は少し照れたように笑いました。

「やだな、亜矢ったらそんなことまで言ったの？　ちょっと体調を崩してただけだよ」

そういう彼の態度は穏やかではありましたが、確実に頬はこけてやつれた様子です。どちらかというと、アキオ氏に比べればまだかなりマシな顔色ではありました。どちらも「もや」に隠れて見えにくくはあったのですが。

亜矢は、私に自宅で起きている不思議な出来事の相談をしたことを彼には黙っているようでした。なので私はそのことには敢《あ》えて触れず、世間話をしながら部屋の様子を探ったのです。

——あれ？　何か……。

視界の端が、ふいにぐにゃりと揺れたような気がしました。

私は思わず瞬きをして目を擦《こす》ります。ほんの一瞬のことでしたが、ちょうどふたりの寝室のドアのあたりでした。まっすぐに見ている時は分かりませんが、僅かに視線をずらすと、まるで度の合わない眼鏡のレンズ越しに見たようにぐんにゃりとそのあたりが歪んで見えます。

アキオ氏が手洗いに行った隙に、私は寝室のドアの前に立ってみました。一瞬、フローリングの床が沈み込んだように感じて強い眩暈《めまい》が起こり——どこかで覚えのある感覚でした。そう。初めてこのマンションに来た時、エレベーターを降りて、四階の廊下に立った瞬間のあの眩暈です。

確認してみると、ドアからまっすぐリビングの真ん中を突き抜けて出窓の外へと、何か他とは違う空気が通り抜けているように思えました。そこだけ空気の質がどろりとゼリーのように重たいような、空気の粘度が違うというような——不思議な「筋《すじ》」だと感じました。出窓の反対側には、ちょうど中庭へ面した外廊下があります。

若い頃自らの能力に悩み、心霊関係のことを調べたりしていて、私は「霊道」という言葉を聞いたことがありました。これはそういうたぐいのものかもしれない、と咄嗟に思った私は亜矢を小声で呼びました。

「亜矢」

「どうしたの莉代子、何か分かった？」

「この窓の外、あっち側に何かあるかな？　お寺とか、神社とか」

私が訊ねると、亜矢は少し首を傾げて考えるそぶりをしました。

「うーん、何だろう……どのあたり？　お寺や神社はいくつかあると思うけど。まあそんなのはどこにでもあるっていうか」

「そっか。そうだよね……」

私にもはっきりとどのあたりにこの「筋」が続いているのかは分かりませんでした。なにしろ、初めて感じた感覚です。けれど、その背筋にねっとりとへばりつくような澱《よど》んだ感覚がこのマンション全体に感じた印象に非常によく似ていることに私は気が付きました。「イヤ」にも種類があるものなのです。

「そういえば、このマンション」

亜矢が一層、声を潜めて囁《ささや》きます。

「私、ネットで過去の記録を調べたんだけど。すごく飛び降りが多いみたいなの。実は何年か前にこの部屋に住んでた住人も、この階の外廊下から中庭に向かって……部屋で死んだわけじゃないから事故物件扱いにはならないみたいなんだけど。でも、ちょっと気持ち悪いよねえ？」

眉を寄せる亜矢に、私は最初にここに来た時に感じた強く中庭へ引かれる感覚を思い出しました。もし他にもあの力を感じた人がいるならば、引き摺られても不思議はないかもしれません。

「ん？　何見てるの？」

やがて、お手洗いから帰ってきたアキオ氏が肩を寄せて窓の外を眺める私たちにあっけらかんと訊ねました。

「ううん、ここって結構眺めがいいんだなあって」

誤魔化すようにそう言うと、彼は微笑みました。けれどその微笑みは――どこかうつろに歪み、底冷えするような昏《くら》いもので、私は思わずハッと目を逸《そ》らさずにいられなかったのです。

「ああ。いいよね、俺もそこからの眺め、凄く気に入ってる。不思議と何か吸い寄せられるというか、惹《ひ》きつけられるものがあるんだよな」

――彼から感じるイヤな雰囲気は、確かに「筋」と同質のものでした。


その日はそれ以上何も分からず、私は彼らの部屋をあとにしました。「もや」の影響が出るのは数週間後か、数ヶ月後か……いつもの感覚でいくと、半年はもたない、という感じがしました。

――もたない？　一体何が。

確かにアキオ氏は体調こそ悪そうではありましたが、亜矢と同じく病気などに掛かっているとは思えません。そうなると、ふたりで立て続けに命を落とす可能性は……。事故か何かかとも考えましたが、私は基本的に事件や事故などの外的要因の死を予測するることはできないのです。では一体何が原因で命を落とす可能性があるというのでしょう。

ふたりの肉体と心が、マンションに巣食うあの「歪み」に蝕《むしば》まれている——そんなイメージが浮かびました。

なんとかして状況を変えたい。けれど私にできることが果たしてあるのかどうか。他にすることのあてもなく、私はとにかくあの「筋」がどこまで続いているのか確かめてみることにしました。寝室から部屋の中を抜けて窓の外へ、それはまっすぐに繋《つな》がっていたのです。

次の休日、私はひとりで例のマンションの最寄り駅へ下りました。亜矢を誘おうかとも思ったのですが、彼女は休日の朝夕、つまり例の「動物の声」が聞こえる時分には、なるべくアキオ氏を家から連れ出すことにしているというので遠慮しました。もちろん、何か常識では説明できない不可解な現象が起きていることも確かだとは思いましたが、それよりも何よりも、ふたりがなるべく同じ時間を過ごし、お互いに向き合うことが一番大切なのではないかと考えたからです。そもそもは亜矢の多忙によりアキオ氏が孤独を感じてしまったこと、それが彼の不調の原因であるような気がしたので……。

ともあれ、私はひとり、亜矢たちの住むマンションの前で、彼女たちの部屋の窓を見上げて意識を集中しました。

出窓から伸びた「澱んだ空気」が、そのまま直線的に伸びているイメージが頭に浮かびます。私はそのイメージを追いました。意識を集中すればするほど、徐々にその気配をはっきり濃厚に感じられるようになってきます。と同時に、なぜだか昔の化粧品である白粉《おしろい》の香りが鼻の奥へねっとりとまとわりつくように匂ってきました。

思わずあたりを見渡しましたが、その途端香りは遠のいてしまう。もう一度確認しても匂いの元になるようなものはありません。首を傾げながら再び「筋」に意識を集中するとまた白粉の匂い。

――ああ、これはこの「筋」の匂いだ。

私はそう合点しました。そして、最初の亜矢の部屋を訪れた時にも化粧品のような香水のような匂いを嗅《か》いだことを思い出したのです。

――白粉？　女の人？　動物や赤ちゃんじゃなくて……。

深く考えても仕方がありません、私はその匂いと「筋」の空気を追ってどんどん住宅街を進みました。

いくつかの角を曲がった時、ふいにあたりが見慣れない景色に変わりました。私はマンションから見ると最寄り駅と正反対の方向にある駅の、駅裏の繁華街に近付いていたのです。そこはどこかうらぶれた、廃《すた》れた雰囲気の漂う場所で、そう数は多くありませんがぽつぽつとスナックや風俗店が並んでいました。昼間には人気もなく、普段であれば女である私が敢えては踏み込まないような路地です。

あたりには「筋」の気配と白粉の匂いが濃厚に漂っています。いったいどこから発せられているのか……あちこちの路地を調べて、私は、ある雑居ビルと雑居ビルの間に小さな供養碑を見付けました。膝丈ほどのドーム型の石碑の中央が丸くくりぬかれており、その中に、月日に削られて目鼻立ちもおぼろになったお地蔵さんの姿が彫り出されています。

――ああ、ここだ。

私は直感的にそう確信しました。

供養碑の前に設《しつら》えられた花瓶は割れ、その石碑は長い間人々から忘れ去られ放置されていることが知れました。片田舎の小さな繁華街の片隅に、見捨てられたものです。もう手を合わせる人も、気に留める人すらいないのかもしれません。あたりに由来を示すようなものも何もなく、石碑に彫られた文字もほとんどが掠れて既に判別ができなくなっています。

「…………」

私はその小さなお地蔵さんと向かい合い、思案に暮れました。どうやらこのあたりが「筋」の到着、または始発点で間違いがないようです。しかし、だからといって何をしたらいいのか――闇雲に手を合わせてよいものなのかどうかも判然としません。

私はスマホの地図と照らし合わせてその場所の住所を割り出し、一旦、家に戻りました。

とにかくあの石碑の由来を調べてみよう。

そう考えた私は、翌週の週末にその繁華街に一番近い場所にある市営の図書館を訪れました。

資料を探すのには少々手間取りましたが、分かったことは、その地域一帯は古くから娼館《しょうかん》の立ち並ぶ宿場町であったということでした。今は随分と廃れて範囲も狭まっていますが、元々は国道に近い、亜矢の住むマンションのあたりまで花街が広がっていたのだと古い地図には記されています。

あの石碑について明確な記述を見付けることはできませんでしたが、古くはあのあたりに——名前は伏せますが、娼妓《しょうぎ》たちの投げ込み寺があったことも分かりました。病気になったり堕胎に失敗して亡くなった遊女たちは、無造作にその寺へと放り込まれて無縁仏として扱われたのです。おそらく、何らかの事情でお寺自体は場所を移され、供養碑だけがその場に残されたのではないでしょうか。

亜矢の住む街は遊女たちと堕胎された多くの赤子の念が根深く籠もる場所だったのです。そう思えば、赤子の手形や白粉の匂いのことも合点がいきました。注意深く地図に照らし合わせてみると、あのマンションのある場所一帯は当時最も賑《にぎ》やかに栄えていたようです。もちろん今となってはその面影もありませんが、場所に残っていた女たちの無念のようなものと石碑に込められた念が通じ合って何がしかの繋がりを持ってしまったのかもしれません。

——ええ。分かっています。こんなこと、とても現実味のない話ですよね。

そんなことを言い始めたら、日本全国に一体どれだけの忌み地が発生してしまうことでしょう。それは充分私も理解しているのですが——ともあれ、あのマンションがおかしいこと、亜矢たちの顔に突然黒い「もや」が掛かり始めたことだけは紛れもない事実です。その理由として何か意味付けできることがあるならば縋《すが》りたい。私はそんな気持ちでした。

かといって、供養だとか浄霊だとか、そんな大層なことは私にはできません。どうしていいか分からず、私はとりあえずできる限り出勤前に毎朝その石碑に立ち寄り、花と線香を供え、見様見真似《みようみまね》でお経を唱えて祈りました。

きっと物語の中であればこういう時に救いの手が差し伸べらるのでしょうね。地元の伝説を知っている老人とか、お坊さんとか、神社の神主さんとか。けれど現実には当然ながら誰も現れてはくれません。毎朝の供養碑に対する祈りも、通じているのかいないのか。幾日そこへ通おうと何の手ごたえも感じられず、私にその結果を判断する術《すべ》はありませんでした。けれど他にできることもない私は、とにかく一心不乱にその場に残された人々の冥福を願うしかありません。

供養碑に通い始めて二週間ほど経った頃でしょうか。私は亜矢に電話を掛けてみました。

「もしもし、莉代子？　どうしたの？」

彼女の声は以前よりもいくらか明るく、ハリがあるように感じられました。

「ううん、特に用事はないんだけど。その後、アキオさんの体調はどうかなって」

私が訊ねると、電話の向こうで、少し彼女が微笑んだのが分かりました。

「気に掛けてくれてたんだね、ありがとう。それがね、最近はかなり良いみたいなの。このところ私もなるべく早く家に帰るようにして、一緒に料理を作ったりし始めたんだよね。休日は掃除とかも一緒にして、買い物行って……できるだけふたりで過ごす時間を増やすようにしたのがよかったのかな。顔色も良くなってきたし、表情も明るくなって」

「そうなんだ、よかった」

私はほっと息を吐きました。

私の気休めの供養が効いているのか――いいえ、それよりもきっと、本当に、ふたりが共に過ごす時間を増やしたことがよかったのでしょう。実際には、霊的な出来事など現実の生きた人間関係には敵《かな》わないはずなのですから。

「あの、変な動物の鳴き声も少し小さくなったんだって」

亜矢は嬉しそうに言いました。

「数が減ったのかな、って言ってた。幻聴も収まってきてるのかもしれない」

「そう。他には何か気に掛かることはない？」

「ううん、ありがとう。ごめんね、私ったら前、莉代子に変なこと言っちゃって……霊の仕業とか、マンションがおかしいとか……」

彼女が恥ずかしそうにそう言うので、私はその土地の歴史についての話や供養碑に通っていることは黙っていることにしました。そもそも根拠も、効果があるのかも分からないことですし——もちろん、しばらくは自分ひとりでひっそりと供養は続けます。けれどここで彼女を怖がらせても何の意味もない。亜矢には、とにかく、気持ちを明るく持ってアキオ氏と仲良く暮らして貰うことが一番なはずです。

今度お茶でもしようね、と約束をして、私は電話を切りました。これで彼女の顔の「もや」が晴れてさえいればいいのですが——残念ながら、電話だけではそこまで判断ができません。

——でもきっと、良い方向に向かっている。

私は明るい気持ちになりました。「もや」のことは気にはなりますが、元々私にも理由の説明できない不安定な力です。特に今回は、ふたりの関係が改善しさえすれば、彼女たちの「もや」も消えるのではないかという漠然とした予感がありました。

何も心配はいらない。

その夜、私は久々に晴れ晴れとした気持ちで眠りにつくことができました。


結局、そのあとお互いにいろいろと用事が重なり、次に亜矢に会えたのはその二ヶ月後のことです。

亜矢に会って確認するまでは、という気持ちで供養碑をお参りすることは続けていましたが、少し気も抜けてしまったのか、その頃には軽く花と線香をあげて手を合わせるだけになっていました。

そうして亜矢の家を訪れたのは土曜日の夜です。私はそれまで、彼女たちの回復に何の疑いも抱かなかったのです。今思えばなんと浅はかだったことでしょうか。

「莉代子、いらっしゃい」

そう言ってドアを開いた亜矢の顔を見て、私は叫び出しそうになるのをなんとか堪《こら》えました。

以前よりも一層「もや」は濃く、深く彼女の顔を覆っています。けれどそれだけではありません。先日の晴れやかな電話の声が嘘のように、亜矢の顔はやつれていたのです。上手《うま》い具合に化粧で隠してはありましたが、頬はこけて瞼《まぶた》は腫れぼったく、泣き腫らした跡が見て取れました。

私はその時なんと挨拶をしたのだったか……動揺して覚えていません。とにかく部屋へと入ると、そこは前回とは打って変わって掃除もせず荒れ放題な様子です。来客に気を遣う心の余裕すら今の亜矢にはないのだ、ということが分かりました。テーブルの上には封をしたままのダイレクトメールが無造作に投げ出されており、週末の夜だというのに、私を出迎える彼の姿もありません。

リビングに通された私は単刀直入に彼女に訊ねました。

「亜矢、どうしたの？　アキオさんは？」

「………」

いつもなら私が訪れると真っ先に飲み物を出すなどしてもてなしてくれていた彼女は、今はぐったりと向かいのソファに座って項垂《うなだ》れています。そうしてしばらくの沈黙ののちに両手で顔を覆い、小さな声で話を始めました。

「私……私、もう、どうしていいか分からないの」

＊

こんなみっともないところを見せちゃってごめんんね。前回、莉代子と電話で話した時は本当に全部このまま上手くいくんじゃないかって、そう思ってたんだけど……。あのあと、しばらくはよかったの。アキオも具合が良さそうだったし……でも、ちょっとしたきっかけで……。

あれは確か、週末、一緒に夕飯の支度をしていた時のことだったと思う。それまで上機嫌だった彼が、ふいに「ごめんな。亜矢は普段仕事して稼いでるのに、家事までさせちゃって」って言ったのね。

それで私、今思えば本当にうかつだったと思うんだけど……軽い気持ちで「そんなの気にしなくていいよ。あ、そうだ、アキオも気晴らしに外で働いたりしてみれば?」って言っちゃったんだよね。

本当に悪気はなかったの。毎日、家の中で鬱々としているから変な幻聴が聞こえるのかな、気が塞ぐのかなって、それくらいのつもりで……そうしたら、次の瞬間、ガシャン! って大きな音がして。

一瞬、私、何が起きたのか分からなかった。彼が料理を盛りつけたお皿を壁に叩《たた》きつけたんだって気付くのにはしばらく時間が掛かったわ。

アキオは俯《うつむ》いて、拳を握り締めて微かに震えてた。噛み締めた唇は白く、その顔は血の気がないほど青ざめているのに、目だけが血走って爛々《らんらん》と私を見据えていたの。

「……やっぱり、バカにしてたんだな」

「え？」

「バカにしてたんだろう！　俺のこと！」

その後のことは……正直、思い出すのも辛《つら》いんだけど……。

アキオは私の髪を摑《つか》んでその場に引き摺り倒すと、私のお腹《なか》を、まるでサッカーボールみたいにポーンと蹴り上げたの。それからのことはよく覚えてない。気が付いた時には、一時間くらいは殴る蹴るの暴力を振るわれていたと思う。もしかしたら途中で少し気を失っていたのかもしれない。

目覚めた時、アキオはおろおろと私を抱き締めて泣いていたわ。

「ごめん、俺……なんでこんなこと……ごめん亜矢、本当にごめん」

彼の豹変《ひょうへん》と先程までの態度に混乱した私は、どうしたらいいか分からなくてただ彼の背中を抱き返した。そうしないとまた暴力を振るわれる気がして……あの時、一体どうするのが正解だったんだろう……。

それから、アキオはちょくちょく私に暴力を振るったり暴言を吐いたりするようになったんだ。彼がキレるのはほんの些細《ささい》なことがきっかけで、私には予想がつかなくて……毎日、ビクビク彼の顔色を窺《うかが》うようになって。それで、ある時急に、「お前の望み通り働いてやるよ」って言って彼、ホストの仕事を始めたの。莉代子には言ってなかったかもしれないけど、私と付き合う前、彼はボーイズバーで働いていたのね。でもその頃はそんなに本気って感じではなくて……。でも、今は指名のためなのかお客さんと、その、泊まったりもしてるみたいで、最近は週の半分くらいしか家に帰ってこなくなっちゃって……。

ごめんね、だから、今日はアキオは帰ってこないから安心して。そんな状態だから、部屋もまともに掃除できなくてこんなだけど……本当にごめん。恥ずかしいな。

＊

亜矢は気丈に話していましたが、必死に涙をこらえているようでした。当然、私の胸に湧いたのは激しい怒りです。

「なに、それ！　信じられない！」

私は亜矢の両腕を摑み、「ねえ、それはもう別れた方がいいと思う」と迫りました。けれど、彼女はひたすら首を横に振るだけです。

「何で？　まだ彼のことが好きなの？」

若干、責めるような言い方をしてしまったかもしれません。しかし彼女は俯いて、しばらく沈黙したあと——意を決したように口を開きました。

「違うの。私、今、彼の子供を妊娠してるの。暴力を振るったあと、彼は必ず避妊せずに私を抱くようになって……それで……」

その次の瞬間です。

「きゃはははははは！」

甲高い、女の哄笑《こうしょう》が部屋いっぱいに響き渡りました。

「!?」

私は驚いて顔を上げました。そして、本当にほんの一瞬ですが確かに見たのです、亜矢の背後にぴったりくっついた、ワンピース姿の長い髪の女を。

飛び出さんばかりに大きく目を見開き、めいっぱいに真っ黒な口を開いて、こちらを見据えて嘲笑《あざわら》う女のその表情——毛穴という毛穴が一瞬にして開くような本能的な恐怖を私は感じました。

「え……」

私が絶句していると、女はあっと思う間に霧のように掻き消《かきき》えてしまいました。けれど絶対に見間違いなんかじゃありません。私の両腕にはプツプツと鳥肌が立ち、背中を嫌な汗が伝います。

亜矢は私の突然の変化にキョトンとした顔をしていました。彼女には何も聞こえなかったようです。

——今のは。

「亜矢……」

女の消えた背後の空間を呆然《ぼうぜん》と見つめながら、私はやっとのことで訊ねました。

「前に、この部屋の住人が飛び降り自殺したって言ってたよね。あれって、若い女の人……？」

亜矢は訳が分からない、という顔をしながら頷きました。

「う、うん。事故物件サイトにはそう書いてあったけど」

そこで、私は、もしかしたら自分は何か大きな思い違いをしていたのかもしれない、と思いました。

どうして気が付かなかったのでしょう。最初にこの部屋に入った時に感じたのは、白粉の香りなんかじゃありません。現代の女性向けの香水です。

——もしかしたら、あの供養塔は関係なかったのかもしれない。

いいえ、このマンションに掛かる「筋」自体は確かに良くないものなのですが、アキオ氏と亜矢に直接関わっていたのはそれだけではなかったのかもしれない。私はここにきて漸《ようや》くそう思い至りました。

「ご、ごめん。私、今日は帰るね。またすぐに来るから、本当に来るから」

亜矢の両手を握り、そう約束するとそそくさと部屋を出ました。冷たいと思われるかもしれませんが、あまりに恐ろしくて、とてもその場にいることができなかったのです。

——あんなに怖いものは今まで見たことがない。

上手く説明するのが難しいのですが……あれは、私が普段見ている、そのあたりにいる地縛霊などとは明らかに性質が違うものでした。純粋な悪意とでもいえばいいのか——他人に害を成すことしか考えていない、いえ、考えるなどというものではなくもう「そういう存在」。とにかく、見てはならないものを見てしまった、穢《けが》れたという印象が強く残りました。

「彼女」の発したどす黒い悪意が未だ身体にまとわりついているような気がして、家に帰った私は浴槽に水を溜め、家にあるありったけの塩と日本酒をそこに入れて浸《つ》かりました。しばらくそうしているとようやく落ち着いてきたので、バスルームを出た私は亜矢が見たという事故物件サイトを開き、そこに掲載されていた情報からさらに詳しい情報をネットで探しだしてみました。

『女性（28）がマンションの四階から転落死。被害者は妊娠五ヶ月、普段から同棲《どうせい》相手に暴力を振るわれて鬱状態？　事故か自殺かは不明』

『被害者の婚約者はホストで女遊びが激しく、妊娠しても結婚できずにいたことに絶望した女性が飛び降りた可能性』

こういう時、なんだかんだ言って頼りになるのは無責任な匿名掲示板です。真実か嘘かは分かりませんが、自称関係者の証言などをまとめたスレッドに書かれていたのはそのような内容でした。

——亜矢と同じ。

ぞっとして背筋が冷えました。

この書きこみが真実だとすれば、まるで、アキオ氏と亜矢は彼らをなぞるような行動をしていることになります。ただの偶然と笑い飛ばすことは、私にはとてもできませんでした。

「……ん？」

もっと情報を集めようと掲示板を読み漁《あさ》っていた私は、そこに貼られたひとつのアドレスに気が付きました。書きこみによると、それは死亡した女性が死の直前まで付けていた携帯用のブログのようです。

私は吸い込まれるようにそのアドレスをクリックしていました。

＊

ｘｘ年1月15日
新しいマンションに引っ越して来た。念願の彼との同棲！　まるで南国のリゾートホテルみたいで、私たちの新しい門出にふさわしい新居。まだ荷物も片付いていないけど、観葉植物は何を置こうか、どんなインテリアにしようか考えるとワクワクしちゃう。たくさん写メも載せるから楽しみにしててくださいね！

xx年1月23日
ホストの彼氏になんか騙《だま》されてるって友達には言われていたけど、一緒に住み始めてやっと私が本命の彼女だってみんなも納得してくれたみたい。彼と一緒にご馳走を作って、友達を呼んでホームパーティ！　凄く楽しかった。彼は途中で仕事に行っちゃったけど、みんなとも仲良くなれたみたい。特に親友の愛華《あいか》が彼を気に入ってくれたみたいで、瞳をウルウルさせて祝福してくれた。ああ、この幸せがいつまでも続きますように！

xx年2月10日
朝仕事に行く私と入れ替わりで帰ってくる彼が、昼間近所の部屋から動物の鳴き声がして煩いと愚痴っていた。ここはペット禁止のはずなのに、いったいどの部屋だろう？文句を言ってやらなくちゃ。

xx年2月15日
信じられない。隣の部屋の住人はいかにもバカっぽい若い女で、ペットなんか飼ってないと言い張って、しまいには彼が嘘をついてるとこっちを責め出した。ルール違反をしているからって他人に罪をなすりつけるなんて、常識知らずにもほどがある。あとで不動産屋さんに相談してみようと思う。

ところで、昨夜は赤ちゃんを授かる夢を見た。将来のこと、そろそろ真面目に考える時期なのかもしれないね、と彼に言うと「考えておく」って言ってくれた。幸せで怖いくらい。

xx年2月27日

昨夜は彼が店に泊まって、着替えにだけ帰ってきた。詳しく聞いたら、昼間の動物の声が煩すぎてとても眠れないというの。あまりにも酷《ひど》いので隣人に怒鳴り込んでやったら警察を呼ぶと脅された。絶対あいつなのに！　ご近所トラブルってどうやって解決するのかな、やっぱり裁判とかしないといけないの？

xx年3月5日

不動産屋が使えない。隣の部屋はペットなど飼ってないと言った挙句に、正当な注意をしたこちらが逆に怒られた。そんなの不動産屋が来た時だけ隠したに決まってるじゃん。絶対証拠を摑んでやる。

ｘｘ年3月20日
彼が店に泊まり込む日がどんどん増えて来た。これじゃあ一緒に暮らし始めた意味がない。最近は着替えにも帰って来ないし、食事とかどうしているのか、物凄く心配。ゆっくり話をしたいのに彼はずっと苛々《いらいら》してる。隣のクソ女のせいだ。今日は燃えるゴミの日だったので、ペットの証拠が出て来ないかゴミ袋を拾って調べたけどうまく隠しているみたいで見付からなかった。本当にずる賢い。

ｘｘ年4月2日
そういえば、私が部屋にいる時は動物の声は聞こえない。

ｘｘ年4月15日
最近赤ちゃんの夢ばかり見る。少し怖い内容が多いけど、やっぱり、彼との子供を産みなさいっていう神様からのお告げなのかもしれない。久々に帰って来た彼にエッチを迫ってみたら、荒々しくナマで抱かれた。やっぱり彼も同じことを思って私を求めてくれているんだなって嬉しくなった。

ｘｘ年５月20日
ああ！　神様ありがとう！　本当に幸せ。本当に幸せ。やっぱり私たちは最初から家族になる運命だったんだね。この子と彼と三人で、一生幸福に生きていきます。早く彼に報告したい。

ｘｘ年５月28日
愛華絶対殺す。絶対殺す。絶対殺す。この日記も読んでんだろ、分かってるんだからね。絶対殺す

ｘｘ年６月10日
彼が家に帰って来ない。愛華が隠してるんだと思って彼女の部屋に怒鳴り込んだらそこにもいなかった。愛華は「バカじゃないの、あいつ他に何人も女いるよ」と言って笑う。頭が痛いし、つわりが酷くて仕事にも行けない。部屋にいたら彼が言っていた動物の声が聞こえて来たので包丁を持って隣の部屋に行ったら警察を呼ばれた。悪いことをしてるのはあっちなのに、どうして？　私はなんにもしてないのに、どうして？

xx年6月15日
動物の声が煩い。これ、何なんだろう。猿？　鳥？　どんどん数が増えてるみたい。彼の店に行ったらもう辞めたと言われて、どうしていいか分からない。会いたいよ、赤ちゃんも待ってるよ。全部許してあげるから早く帰ってきて。

xx年6月20日
ごめんね、赤ちゃん。ママと天国で幸せになろうね

＊

私は急いで亜矢に連絡を取り、今度は外のカフェへと彼女を呼び出しました。あの部屋にもう一度入る勇気が私にはなかったのです。

「亜矢。お願い、あのマンションを引っ越して」

私はテーブルに頭を付けるくらいに頭を下げて、そう懇願しました。

もう、他にできることは何も思いつきません。

あの女のブログに書いてあったこと——それを、ほとんど亜矢とアキオ氏はなぞっています。

確かに、亜矢たちに直接影響しているのは以前自殺したあの部屋の住人でしょう。しかし彼女もまた、あの部屋に掛かる「筋」に影響されたひとりだったのだと思います。動物の声――赤ん坊の夢。

このままでは亜矢たちも同じ道を辿《たど》ってしまう。それを食い止める手段はもうこれしかないのです。

「あそこを引っ越しさえすれば多少はマシになると思うの。詳しくは私にも分からないんだけど……とにかく、あそこは良くない。信じられないかもしれないけど、お願い。騙されたと思って引っ越して。そのための協力なら、私、何でもするから」

テーブルの向こう側に座った亜矢はどこか焦点の合わない瞳でぼんやりとしていましたが、しばらくして、ぽつりと「……そうだね」と頷いてくれました。

「そうした方がいいのかもしれない。やっぱり、あそこに引っ越してから全てが悪い方向に回り始めた気がする」

亜矢は自分の手元に視線を落としながら続けます。その目元に、メイクで隠した薄い痣《あざ》があることに私は気付いて胸がきゅっと締め付けられるような気持ちになりました。

「あのね……あの、本当に、変だと思われるかもしれないんだけど。分かってるんだけど。最近、私にも聞こえるんだ。アキオと同じ、変な動物の鳴き声。休日の朝と夕方の二回、アキオが帰って来なくて、家にひとりでいる時にね。『ぎゃあ、ぎゃあ』って……まるで何人もの赤ちゃんが火箸でも押し付けられて泣き叫んでいるみたいな」

そう言うと、彼女はくしゃりと顔を歪めてぽろぽろと涙をこぼし始めました。

「私、アキオの言うこと信じてなかった。嘘だって、どうせ頭がおかしくなったんだろうってそう思ってたの。酷いことしちゃった。彼は嘘なんかついてなかったのに。私だけは信じてあげなくちゃいけなかったのに……それとも、私の頭もおかしくなっちゃったの？」

溢れる涙を手の甲で拭う亜矢に、私はハンカチを差し出しました。耐え切れず、私の瞳からも涙がこぼれます。

「泣かないで亜矢。亜矢はおかしくなんかなってない。大丈夫、大丈夫だから。でもお願い、引っ越そうよ。子供だっているんだし。今は子供のことを第一に考えてさ。ふたりで引っ越したらきっと何かが変わるよ。ね？」

私は亜矢の隣に座り直して、泣きじゃくる彼女の背中を撫でました。すると、亜矢の肩がみるみる硬くこわばって――。

私ははっとして亜矢の顔へ視線を移しました。すると彼女は目をこれ以上ないほどに見開き、膝の上に乗せた自らの拳を見つめて、真っ青な唇を震わせながら言ったのです。

「こども……。この子、本当に私の子供なのかな。産んでもいいのかな。私、妊娠する前に夢を見たの。部屋のリビングに裸で寝転んでいる私は身体が動かなくて、そこに、何十人っていう赤ちゃんが……真っ黒な目で狂ったような笑い声を上げる赤ちゃんが、我先にって私のお腹を目指してハイハイしながら迫ってきて……それで、ひとりがとうとうそこに辿り着いて、両手を私のお腹についたら、ズブズブその中に沈み込んでいくんだよ。私、必死で逃げようとしたのにだめだった。その赤ちゃんは私の顔を見詰めながらぎゃあぎゃあって鳴き笑ってて……やがて、私のお腹の中にすっぽりと消えちゃった。そのすぐあとに妊娠が分かったの」

私は彼女の言葉に応えることができませんでした。

幸いと言っていいのか、亜矢は私の懇願を聞き入れてくれて、その一ヶ月後には新しい部屋を見付けて引っ越しを決めました。アキオ氏も特に反対はしなかったようです。というか、その頃、既に彼には他に恋人がいてほとんど家に帰っていなかったようなのですが。

けれど、決められた引っ越しの前日——突如、彼はマンションの廊下から中庭に飛び降りて死にました。相当酔っていたようなので、事故なのか自殺なのかは分かりません。

＊＊＊＊＊

「その後、少しタイミングは遅れましたが、亜矢は無事に引っ越しを終えて出産しました。今ではシングルマザーとして、新しい恋人もできて元気に頑張っています。やはりというか幸いというか——引っ越しをしてから、彼女の顔から『もや』は消えました。私はそれだけでよかったと思っています」

莉代子は静かな口調で最後まで話し終えると、テーブルに置かれた紅茶をひとくち口に含んだ。

私と成海は無言のまま彼女の喉が上下するのを見詰める。何と言っていいか、すぐには感想の述べにくい物語だった。

「あの……それで。お子さんは、その」

少し間を置いて、成海が言い難《にく》そうに切り出した。

「ええ、まったく問題ありません、今のところは、何も」

「今のところは、というと……」

続いた私の質問に、もう莉代子は答えなかった。

「私の話は以上です。こんなものでお役に立てるのでしたら」

「あ、は、はい！　充分です、本当にありがとうございます！」

席を立とうとする莉代子に、私は慌てて頭を下げた。成海がレコーダーの電源を切るのが見える。

部屋を出て行こうとする莉代子は、その寸前、私の方を振り返って言った。

「齋藤先生。気を付けてくださいね」

彼女を見送ろうとしていた私はぎくりと足を止める。

「え？」

ぞわりと背中が冷えた。

——まさか、私の顔にも「もや」が掛かっているのだろうか。

莉代子はその質問にもはっきりとは応えず、曖昧に笑って一言続ける。

「……私、あの人……出水さんが怖いんです」


自宅へ戻った私は、彼女から聞いた話をどのようにまとめるか思案していた。なかなか焦点を絞るのが難しい物語だ。気を抜けば、きっと散漫になってしまう。

この物語をどう処理するのかは私の手腕に掛かっている、そう思うと、何やらわくわくと胸の沸き立つような気分になる。

正直に言って、やる気が漲《みなぎ》っていた。取材時に感じた恐怖、それをどうにか文章の中に織り込みたい。読者を同じ気持ちにさせてみたい。それは作家としての矜持《きょうじ》と言ってもよかった。

おそらく軽い脅かしであろうが、莉代子の最後のセリフも気が利いている。

「うーん……そこまで盛り込めるかな。どうかな、難しいか……」

パソコンの前で思案しながら、私はひとりでに唇が引き上がり、にやけていくのを感じていた。

——楽しい。

仕事にこんなにやり甲斐を感じたのは久々のことかもしれない。

凪の心配など、既にこの時私の頭にはなかった。

ひとりでも多くの人にこの物語を届けたい。私が感じたのと同じ背筋の寒さを感じて欲しい。読者を物語の世界に連れ去りたい。

作家になりたいと最初に感じた子供の頃の、果てしのない憧れ。小説を読むと、ここではない違うどこかに行ける、その不思議な感覚。その原初の欲求とでもいうべき創作意欲を、私は思い出していた。

第三章　揺れる

＊＊＊＊

「揺れる」語り部：成海琴子

かたかた、かたかた。

暗い部屋に響く音に気が付いて、ぼんやりと覚醒していた琴子は目を開く。

——ああ、これはガラス戸の揺れる音だ。

今初めて明確にその存在を意識したが、よく考えると、なんだかこれまでも常に聞こえていたような気もする。

——いったい、いつから？

分からない。いつの間にか小さな異音は生活にするりと這入《はい》り込んできて、日常になってしまった。

かたかた、がたがたがた。

とうとう寝ていられないくらいに音が大きくなって、うんざりと琴子は身を起こした。

いったいどうしてこんなことになってしまったのか。ほんの少し前まで、確かに自分は幸福だったはずなのに。


――面倒ごとに巻き込まれるのはごめんだな。

大学時代の友人、倉本《くらもと》美月《みづき》から電話が掛かってきた時、成海琴子は最初にそう思った。美月は地元S県の大学で同じゼミを取ったことがきっかけで知り合った友人だ。琴子にとっての美月の印象は「災厄」――彼女はいつも、面倒な厄介ごとを持ち込んでくる。内緒ね。実はあたし、サークルの名見《なみ》君と佐倉《さくら》君を二股掛けてるの。そう打ち明けられた一週間後には、名見と佐倉が美月を廻《めぐ》ってコンパで大乱闘を起こした。山瀬《やませ》教授のことが好きなんだ、と耳元で囁《ささや》かれた二ヶ月後には教授の奥さんが大学まで乗り込んできて包丁を振り回す騒ぎになった。

それ以来、この女とはなるべく関わり合いになるのはやめよう、と琴子は心に決め、なぜだか懐いてくる彼女となるべく付かず離れずの距離を保った。卒業後の就職先も住む街もわざと地元のS県から離れた東京を選んだ琴子だが、数年後、まるで自分を追いかけるように美月は転職のために都内へ引っ越してきたのである。

以来、彼女は何だかんだとこうして琴子に電話を掛けてくる。他にも上京している同窓生はいるはずだが、なぜ自分なのか――そう優しくした覚えもないのに。しかも、自分は既婚者で彼女は気ままな独身者。職種もまったく関わりがなく、特に話が合うということもない。なのに、美月はやはり今日もこうして琴子に連絡をしてくるのだった。

それが楽しい話ばかりならばいいのだが――いや、きっと彼女にとっては楽しいのだろうが、会社の上司と不倫しているだとかセフレからのプロポーズを断ったら刺されそうになっただとか、その話題は相変わらず常にわずかばかり厄介で面倒なことだ。

「それでね。話したいことがあるんだけど、よかったら来週、久々にランチしましょうよ」

――厭《いや》だな。

と思った。思ったが、口には出せなかった。そのトラブルメーカー的な性質《たち》に見合わず、美月本人はおっとりした調子の、どうにも憎めない人物なのだ。邪険に扱うことになんとなく罪悪感を覚えさせられる、不思議なキャラクターだった。

翌週水曜日の祝日。待ち合わせの場所に、十五分遅れて美月はやってきた。

「ごめんごめん、お待たせ！」

そう手を振りながら小走りに駆け寄って来る美月の姿を琴子はまじまじと見つめた。歳《とし》のわりにプチプライスだが流行のファッション、どちらかというとふくよかなぽっちゃり体型に丸顔。相変わらず、特別美人というわけではないが不美人というわけでもない、ぽんやりとした印象の顔だち。

——この子が、どうして恋愛絡みのトラブルばかり起こしているのかしら。

「いいよ、私もさっき着いたばっかりだから」

琴子の言葉に、美月は息を切らせながらにっこりと笑った。まるで子供のような無邪気な笑顔に、やっぱり憎めない子だと琴子は思う。

「いいカフェを予約してるから、行こっ」

そう言うと美月は琴子と腕を組んだ。まるで学生時代と同じノリである。もう三十も半ばになるというのに——少しだけ気恥ずかしかったが、その腕の力が思いのほか強くて振り払うことができない。

美月が予約していたのは高級住宅地の真ん中にある、隠れ家風のカフェだった。古民家を改造した小洒落《こじゃれ》た内装で、確かに雰囲気がいい。琴子は夫の実家である古い日本家屋に住んでいるが、内装をぜひとも真似《まね》したいと思うような素敵さだった。

店内はご近所のマダムとおぼしき女性客で賑《にぎ》わっている。なかなかの人気店のようだ。

「いらっしゃいませ。待ってたよ、美月さん」

店内に一歩入ると若い男が近付いて来て、美月に気安い笑顔を向けた。ワインレッドのワイシャツに黒スラックス、腰下に巻いた黒いカフェエプロンがキマっている。すっきりと髪を刈り上げた、なかなかの男前だ。ははあ、と琴子は内心で納得した。

「こんにちは。こちら、親友の琴子」

「初めまして、琴子さん。この店のオーナーの後藤《ごとう》です」

――親友。

いつの間に自分は彼女の親友になったのだろうかと思いながら、琴子は男と握手をした。促されるまま、中庭に面した窓際の席に案内される。

野菜を中心とした和食のランチコースを食べながら聞かされたのは、案の定、「私、実はさっきの男の子と付き合ってるの」という惚気話《のろけばなし》だった。

「だと思った。カッコイイじゃない」

お世辞ではない。そつなく店内を立ちまわる男は自分たちよりいくつか年下の三十そこそこというところだろうか。その年齢でこれだけの店を経営しているということはかなりのやり手なのだろう。若くしてデキる男というのは大抵容姿も優れている。確かに料理も美味ではあるが、見た感じ、女性客の八割は料理よりも彼のファンなのではないかという様子が感じられた。そんな中で時折、彼が美月と目配せをし合う様子が妙にエロティックだ。

話を聞いてみると、後藤は二十九歳で独身。大学卒業後に京都の有名な料亭で修業をし、去年、このカフェレストランをオープンしたのだという。

後藤は気を遣って折に触れテーブルまで来てはあれこれと雑談をしていってくれた。話題も豊富だし、好感が持てる。

美月の相手にしてはまともだ、と琴子は思った。既婚者でもないし、いかにも仕事をしないダメ男やストーカー気質でもなさそうだ。今回ばかりは、普通に祝福をしてもいいのかもしれない。

その日は美月と過ごしたにしては珍しく、不吉な予感を感じることなく楽しく過ごすことができた。

「いい人だわね、仲良くね」

帰り際にそう声を掛け、琴子は気分よく彼女と別れた。そして、この話はそれで終わりのはずだった。

翌日、美月から「琴子の連絡先を彼に教えてもいい？」とメッセージが送られてくるまでは。

「は？　一体どういうこと？」

続いて掛かってきた電話に、琴子は困惑した。

「だから……彼がね、琴子に興味があるんだって。それで、連絡先を知りたいって言うから……」

「だって、彼は美月の恋人なんでしょう？　興味があるってどういう意味？」

いかにも不穏である。意識し過ぎと言われればそれまでだが、仕事も何も縁のない大人の男女が、素直に「お友達になりましょう」で人づてに連絡先を訊《たず》ねるものでもないだろう。すると美月はしばらく沈黙してから、「……でも、彼が」と泣きそうな声で続けた。

「とにかくお断り。私は友達の彼氏とそんなに親しくしたいとは思わないわ」

いつもなら美月に流されてしまうところだが、琴子は断固拒否した。それは「お願い」と追いすがる彼女にそこはかとなく不気味なものを感じたからでもある。なんというか——どうにも、不自然だ。

——やっぱり、彼女は何がしかの厄介ごとを持って来る。

電話を切ったあとも、嫌な予感が拭えなかった。

そもそも、自分はそんな、よく知らない男とメッセージのやり取りをするほど暇ではないのである。

「やば、早くご飯作らなきゃ」

時刻は夜の十時半、夫もそろそろ帰ってくる時間だ。今から夕飯を作れば温かいうちに食べさせてやれるだろう。彼の帰りは毎晩遅いがどこの家もこんなものだろうし、彼は琴子が働くことに文句を言ったこともなければ休日には家事を手伝ってくれる。優しい人だと思う。仕事も順調だ。

この、平穏無事な生活に美月の持ち込む災厄を呼び込みたくない。自分は今幸せなのだ。

かたかたかたかたかた、という小さな音に琴子はぼんやりと薄く覚醒した。

「痛っ」

寝返りを打った途端、肩から首に掛けて激痛が走る。

「どうしたの？」

ダブルベッドの隣で眠っていた夫の佑二《ゆうじ》が目を覚まして声を掛けてくる。琴子は首を押さえながら半身を起こした。

「やだわ、寝違えちゃったみたい。ごめんね、起こしちゃった？」

まだカーテンの向こうの空は薄暗い。せっかくの土曜だというのにこんなに早く起きるつもりはなかった。

少し首を動かしてみる。途端、全身に響くような痛みに襲われた。左右上下、どちらへ曲げるのも痛い。

「酷《ひど》いのか？」

「うーん、そうみたい……痛た」

「ちょっと待ってろ、確か湿布薬があったから」

佑二はそう言うとベッドから起き上がった。

「あ、いいわよ寝てて」

琴子が慌てて言うと、「お前こそ寝てろ」と彼は琴子の身体《からだ》を支えながらベッドへ横たえる。そして簞笥《たんす》の上にある救急箱から湿布薬を持ってきて、寝かせたままの琴子の肩へとそれを貼ってくれた。

「……ありがとう」

「どういたしまして、奥様」

柔らかな夫の笑顔に琴子の胸は熱くなった。結婚して何年経《た》っても、彼は優しい。小さな不満があるとすれば毎晩仕事の帰りが遅いことと最近めっきり夫婦生活が遠のいたことだが、結婚八年目にもなれば仕方のないことかもしれない。

――ああ、やっぱり私は幸せだ。

幸福に浸っていると、テーブルの上のスマートフォンがメッセージの着信を告げた。

土曜の朝早くから誰だろう？　メッセージを確認した琴子は目を疑った。

『おはようございます、後藤です。美月さんからアドレス聞いちゃいました。我慢できず、朝早くに連絡してしまってごめんなさい。先日はご来店どうもありがとうございました、よかったら今度、ふたりでお会いできませんか？』

「はぁ⁉」

思わず声が出た。振り返る夫に、慌てて「ごめん、何でもない」と言い訳する。

――美月の奴《やつ》！　何を考えてるのよ！

嫌だと言ったのに、勝手に連絡先を教えたのか。信じられない。それに、この男も何なのだ。美月の彼氏の癖に『お会いできませんか？』だなんて図々《ずうずう》しい。

『美月もあなたも、勝手に人の連絡先をやり取りするなんて常識がないです。もう連絡してこないでください』

琴子は後藤と美月に怒りのメールを打った。その後、双方から言い訳のメッセージが入ったがもう返信しないことにする。

――やっぱり、あの女は厄介ごとを持ち込んでくる。

そろそろ、友人としての付き合いも潮時なのかもしれない。

「ねぇ……」

その夜、ベッドの中で、琴子はこちらに背を向けて眠る佑二の背中に額をつけた。

妙に身体が火照《ほて》っている。朝、あの男から妙なメールを貰《もら》ったせいだろうか。

結局一日中、琴子は考えるでもなく後藤と美月のことを考えさせられる羽目になった。

ふたりからの謝罪の連絡は夕方頃にようやく止《や》んだが、こんなことをする彼らの関係をどうしても邪推してしまう。

後藤からのアプローチは、明らかに琴子を「女」として見ているものだった。それとも、彼は仕事の営業のためにいちいち全ての女性客にあんな連絡を寄越《よこ》すのだろうか。でなければあの数時間の間に、恋人の友人という禁忌を犯してまで親しくなりたいほど琴子に好意を持ったとでもいうのだろうか？

美月の態度もおかしい。あの日、ふたりはいい交際をしているように見えたが——今は、何かが歪《ゆが》んでいるように感じる。その歪みが妙に気になる。

そんな一連の想像がなぜか彼女を欲情させていた。久々に男性からアプローチされたこと、しかもそれが友人の恋人だという背徳的な状況のせいかもしれない。

「ねぇ。あなた、起きてるでしょ……？」

琴子は布団の中で背後から佑二の胸に抱き付くように腕を回した。その時だ。

手のひらに、ひやりとした肌が触れた。

——え？

それは「手」だった。細い手首に、柔らかな肌。明らかに佑二のものではない——女の腕だ。

「きゃっ！」

思わず叫び声を上げて、琴子は腕を引っ込めた。

「何だ、どうした？」

佑二が怪訝《けげん》な顔で振り返る。咄嗟《とっさ》に布団を捲《まく》り上げたが、そこにはもう何もなかった。

「おいおい、何だよ。虫でもいたのか？」

眉を顰《ひそ》める佑二に、琴子は首を振った。

——あり得ない。きっと、佑二の腕を勘違いしたのだ。

しかし佑二の腕は手首までパジャマに覆われている。そんなことがあり得るだろうか？

「……なんでもない、たぶん気のせい」

力なく琴子は呟《つぶや》いた。

かたかたかた、とどこかで音がする。リビングと寝室を仕切るガラス障子が細かく揺れていた。


それからしばらくは何事もなかった。

琴子も佑二も仕事が忙しく、夕飯もなかなか一緒に取れない日が続いていたが、週末には一緒に食事を作ったり映画を観《み》たりして過ごすことができた。忙しい中でもこうして、少しでも時間ができれば夫婦の触れ合いに当ててくれる夫の優しさがありがたい。

そうして美月のことも後藤のことも忘れようとしていた矢先、職場の同僚数人とのランチミーティングに連れ出された琴子は愕然《がくぜん》とした。

「え、ここ……」

「あ、知ってます？　さっすが成海さん。流行《はや》りのお店押さえてますねー！　今、凄《すご》い人気で、予約取るのも大変なんですよ」

そこは後藤の店だった。正直入りたくはなかったが、ここまで来て嫌と言うわけにもいかず、琴子は同僚たちと店の中へ足を踏み入れる。目立たぬよう人の背後から、顔を伏せて入店してみたがそんな小さな抵抗は無駄だった。

「琴子さん！　来てくださったんですね！」

めざとく琴子を見付けた後藤が、窓際の席へと彼女たちを案内する。同僚たちは「常連なんですか」と琴子を羨望の眼差《まなざ》しで見た。

「違うの。友達がここの常連で」

曖昧に笑う琴子に、後藤がそっと耳打ちしてくる。

「この間はすみませんでした、本当に。つい気持ちが高ぶってしまって。またご来店いただけてほっとしました」

「あ、いいえ……。その、今日は同僚に連れられてきただけで」

「何でも嬉《うれ》しいです。今日はサービスしちゃいますね！」

遠慮がちに答える琴子に、後藤はウィンクをした。気障《きざ》なしぐさがサマになっている。

その日の後藤は琴子たちに二、三品のメニューをサービスしてくれた上、デザートの盛り合わせまで出してくれて、同僚たちは大喜びだった。

「ここってあのオーナーさんがイケメンなせいもあって大人気なんですよね。成海さん、どういう関係なんですか？」

興味ありげに聞いてくる彼女たちに、「だから……その、友達の友達なのよ」とだけ答える。すっかり恩を売られた形になった琴子は苦笑したが、ここまで特別扱いされるのは正直、悪い気持ちもしなかった。

「琴子さん、また来てくださいね」

帰り際、そう言う後藤の表情は寂しそうにも恋しそうにも見えた。

「……はい。また」

思わずそう答えてしまったことに他意はない。そう思った。


「琴子？　お願い、切らないで」

電話口から聞こえてくる泣き声に、琴子はうんざりとしてため息を吐《つ》く。

美月からの電話に出てしまったのは失敗だった。出るつもりはなかったのに、メッセージを打っている時にちょうど掛かってきたのでうっかり出てしまったのである。

「お願い、琴子にしか話せないの。会ってくれない？」

「………」

正直に言えば嫌だった。しかし、美月に関しては気になることもあるにはある。

「……分かった。どこにいけばいい？」

仕方なく、琴子はそう応えた。電話の向こうで美月が微《かす》かに笑ったような気がしたが、しゃくりあげたのを聞き間違えたのかもしれない。

他人には聞かれたくないという美月と駅前のカラオケボックスに集合して、琴子は彼女の変わり果てた姿に困惑した。

美月は確かに垢《あか》ぬけた美人というわけではないが、常に、安くても男ウケの良い可愛《かわい》らしい恰好《かっこう》をしていた。それが今の彼女は着古したパーカーにスウェットパンツという、とても人前に出るとは思えない姿だ。脂気のないぱさぱさの髪に泣き腫らした様子の化粧気のない肌は乾いて、彼女を年齢以上に老けさせて見せている。

「ちょっと、何があったのよ、美月」

カラオケボックスの個室に入ると、美月はぺたんと椅子に座り込んで俯《うつむ》いた。そうして無言のまま、パーカーの裾をべろりと捲り上げる。

「！」

琴子は思わず息を呑《の》んだ。彼女の白くなめらかな腹に、紫色に変色したどす黒い痣《あざ》が無残に広がっていたからだ。ところどころには皮膚が破れた痕《あと》とおぼしき直線状の瘡蓋《かさぶた》が、まるで蛇のように這《は》っている。

「一体どうしたの!?」

驚く琴子に、顔を上げた美月は——薄暗い顔で、にっこりと微笑《ほほえ》んだ。

その表情の場違いさに、琴子の背筋がぞくりと冷える。

「あのね。実は私、彼とSMをしているの」

甘く、ねばりつくような声だった。

「エス……エム?」

「そう。彼は私のご主人様なの」

彼とはもちろん、後藤のことだろう。SMというと、鞭《むち》で叩《たた》いたり縄で縛ったりするプレイのことだろうか。そんな趣味があったとは気付かなかった——そう考えた琴子を見透かすように美月は続ける。

「彼はね、私をいろんなもので打ったり、刺したり、ナイフで私の肌を切りつけたりするのよ。見て」

今度は服の袖を捲る。腕の内側の柔らかな皮膚に、何十本とリストカットをしたような傷痕が走っていた。言葉を失う琴子に、美月はひび割れた唇を引き上げる。薄暗いカラオケボックスの中で、彼女の瞳だけが鈍くビー玉のように光っている。

「乳首やピアスを開けたり……痛いことをするのはね、最初は怖かったの。でも今は、痛みを与えられると自分が彼のモノなんだなあって実感できるのよ。私、彼の望みならどんなことでも叶《かな》えたいの。こんなに人を愛したのは初めて」

うっとりと夢見るように澱《よど》んだ瞳は既に琴子を見ていない。一体、彼女はどうしてこんなことを自分に聞かせるのだろうか。

「それで、服従のあかしとして美人の友達をひとり紹介しろって。だから私、彼に琴子を会わせたの」

「は……？」

耳を疑った。

何かがおかしいとは思っていたが、まさか最初から琴子を後藤に紹介するつもりであの日、呼び出したというのか。

「信じられないわ、そんなの最低」

憤慨する琴子に、美月は不気味な笑顔で追いすがる。

「ねえ、本当のことを教えて。彼に会ってるんでしょう？」

琴子の両腕を掴んで迫る彼女に今度こそゾッとした。掴まれた両腕に、手のひらの体温が妙に生温かい。

「い、一回だけ同僚に連れられてランチをしに行ったけど。それだけよ」

「嘘《うそ》‼　正直に言って、お願い、怒らないから」

——ああ、もう、うんざりだ。

恋とはこんなにも人を愚かにするものなのだろうか。ＳＭだか何だか知らないが、友人を自分の男に売るような真似をしただけでも腹が立つのに、なぜそんなことで責められなくてはいけないのか。

「ねえ、美月。彼と別れた方がいいんじゃないの？」

女性の身体にこんな傷をつける男が彼女を愛しているとはとても思えない。友人として精一杯の琴子の言葉に、美月は突如激高して叫んだ。

「そんなこと言って、私から彼を奪う気なのね！　あんたなんて奴隷にもなれないセフレのくせに図々しい！」

ドンッと体を突き飛ばされ、琴子はソファに倒れ込む。

「きゃっ！」

すると、美月はハッとした様子で慌てて琴子に手を差し伸べて来た。

「あ、ご、ごめん。そんなつもりじゃなかったの」

にぃ、と媚《こ》びるように笑う。その笑顔がいっそう琴子の恐怖を煽《あお》った。

「ごめんね。分かってるの、こんなのおかしいよね。私の友達を紹介しろだなんて……それで琴子と彼がセックスしてたって、私には責める筋合いなんかないわ。分かってるの。悪いのは彼だって――でも、私は彼の願いを叶えるのが生き甲斐だから。琴子には彼と仲良くして欲しいのよ。セックスしたって全然いいの。ね、お願い、仲良くしてあげて」

ニマニマと笑いながら這い寄る美月の姿は異様だった。琴子は思わず後ずさる。

「でも、嘘だけは吐かないで欲しいの。ね？　私たち、親友でしょ？　セックスしてるんなら素直にそう言ってくれれば怒らないから。だって私からお願いしてるんだもの、怒る筋合いじゃないよね。分かってるから大丈夫。私はただ真実が知りたいだけなの。ねぇ、あの人に抱かれてるんでしょ？　彼はどう？　優しい？」

震える声で言い募る美月の目は爛々《らんらん》と血走っている。支離滅裂だ――なんとかこの場を逃げ出したい。

「し、してないし、しないよ」

「どうしてよ！　こんなにお願いしてるじゃない！」

ダン！　とソファの背もたれを殴りつける美月に、琴子はビクッと身を震わせた。

「わ、分かった。分かったわよ、すればいいんでしょ？　考えておくから――」

そう答えた途端、彼女は琴子の両腕を掴み、焦点の合わない瞳で叫び出す。

「やっぱりあの人のことが好きなのね！　どうして嘘吐いたの!?」

――まともじゃない。

そう思った。もう、何を話しても無駄だ。

「ねぇ、ねぇ美月、もうやめて。私にどうしろっていうの」

涙が出て来た。

恐怖に身を震わせる琴子を見下ろして、美月は再び、ハッと我に返ったようにその両腕を放す。

「あ——ごめん。ごめんね、ちょっと興奮しちゃって。大丈夫だから。うふふ」

身を起こし、髪を掻《か》き上げて取り繕うように美月が微笑む。琴子はこの隙にとばかり荷物をまとめて鞄《かばん》を胸に抱いた。

「あのね。琴子には分からないだろうけど、SMって普通のセックスの何倍、何十倍も信頼関係と愛情が必要なの。だから、彼が何人の女を抱いていたって、一番愛されているのは私なのよ。ちょっと優しくされてるからってそこは調子に乗らないでね？　所詮、琴子は私のプレイのオマケなんだから。これまでにもね、彼が他の女性を連れてきて一緒にプレイしたこともあるの。彼はわざと私の目の前で、優しくその女にキスをして、全身を愛《いと》おしそうに撫でるのよ。私、哀《かな》しくて悔しくて涙が出てくるんだけど……私には指一本も触れないまま、彼はその女と激しく愛し合うの。私は椅子に座らされて、アソコにバイブを突っ込まれてそれをひたすら見ているだけ。凄く辛《つら》いのに、死んでしまいそうに哀しいのに、私の内側からはどんどん蜜が溢《あふ》れてきて……泣きながら下着を濡《ぬ》らす私を、その女が憐《あわ》れみの目で見るけど彼はまったく無視するのよ。そして抱き合ったまま、その女の中で彼は気持ちよさそうに果てる。でもね。その女を帰したあと、『よくできたね』って私の頭を優しく撫でて、涙と鼻水でぐしゃぐしゃになった私に一回だけキスをしてくれるの……私はもうそれだけで絶頂を感じるの、分かる？　あ、そうだ。あと、この写真。見て。ほら……他の女とはたかが挿入だけの繋《つな》がりだけど、私とは違うっていうのがこれで分かるから。ね、ね」

　取り出したスマホを弄《いじ》りながらブツブツとひとりで呟き続ける美月を刺激しないよう、琴子はそうっと立ち上がった。とてもじゃないが付き合っていられない。

「私、帰るね。お会計これでよろしく」

　小声で囁き、千円札をテーブルに置いて部屋を出ようとした琴子の背中を、再び粘りつくような声が追う。

「ふふ。うふふふ。あの人、私の肌を真っ赤な糸と針で縫い付けてゆくの――すごく綺《き》麗《れい》なのよ。ねぇ、ほら、見て――」

「美月とSMなんかしているの？」

　琴子に腕枕をする後藤にそう訊ねると、彼は少しだけ驚いたような顔をした。

「どうしたの？　美月が何か？」

「うん……ちょっとね」

彼女のことをどう説明していいものか、琴子は曖昧に笑って後藤の胸に自らの頬を寄せる。

あの日同僚に連れられて彼の店に行ってから、なんだかんだとメッセージを交換するようになり、結局こういう関係になってしまっていた。最初からそういうつもりで紹介されたのだと聞かされた時には少し複雑な気分ではあったが、ベッドの上の後藤は優しく、夫との夫婦生活が遠のいている琴子はすぐに彼にのめり込んでしまった。

確かに美月の勘は当たっていたわけだが、そもそも初めからその覚悟があって紹介したのだろう。自分でも言っていたが、責められるのはどちらにせよお門違いというものだ。

「ちょっとした好奇心だよ。そんなに大したことをしてるわけじゃない。彼女、それくらいしか使い道がないっていうか」

欠伸《あくび》混じりにそう言う彼の口調は平坦《へいたん》なものだった。琴子は苦笑する。

「酷いことを言うのね」

しかし、きっとそれが本心なのだろう。だって、彼は自分を抱く時はこんなにも優しく、慈しんでくれるのだから。

あの日、彼女から聞かされた「プレイ」は酷いものだった。美月はそれを愛のあかしだと思い込んでいるようだが、とてもそうは思えない。実際、彼女が嫉妬に狂って常軌を逸しつつあることがその証拠ではないか。

あんな状態の美月を心配に思う気持ちもなくはなかった。本当に後藤と自分が寝ていると知ったら何をされるか、正直怖いとも思う。しかし、自分は美月よりもこの男に愛されている——そう思うと優越感で思わず笑みが漏れてしまう。

いつでも男を我が物顔で振り回してきた美月。他の女から奪うことを何とも思わない嫌な女だ。たまにはいい薬だろう。

口付けをしようと身を伸ばした時、琴子の首がずきりと痛んだ。

「あ、痛」

「首、まだ治らないの？」

「うん、どんどん酷くなっていくみたい」

一度寝違えてしまってからどうも癖になってしまったらしく、もう一ヶ月にはなろうというのになかなか痛みが引かない。首の後ろと左右だけではなく、なぜか前の方にまで痛みが広がって、今ではすっかり首が回らないような状態だ。痛みのせいか首を絞められるような嫌な夢を見て夜中に目覚めることも頻繁だった。整体にも通っているのだが一向によくならない。

歳ね、と言おうとして呑み込んだ。

年下の後藤の未《いま》だ瑞々《みずみず》しい肌、躍動する筋肉、それに見劣りしたくはない。

後藤が顔を寄せて来て、唇が重なった。人気レストランの若きオーナーと割り切った大人の恋愛も悪くはない。美月には少し気の毒だが、紹介した自分を恨んで欲しい。

——悪いけど、彼は私のモノよ。

もう美月には渡さない。そもそも、抱いてすら貰えない関係だったなんて笑っちゃうけど。

琴子はそう思いながら、とろけるような後藤の舌を味わった。

デスクの上に放り出したスマートフォンがメッセージの着信を告げた。

「きゃっ」

無意識にそれを開いた琴子は、添付された写真を一目見て悲鳴を上げる。

「…………」

美月からのメッセージだった。映し出された画像には胸もあらわな彼女本人のバストアップが映っており、全裸の上半身のほとんどの部分に、黄色や紫の酷い痣が広がっている。

「一体何なのよ……」

あれ以来、美月から一日に何枚もの写真が送られてくるようになった。どれも残酷で痛ましいものばかりだ。舌に開けたピアスから血が滴り落ちているもの、乳房に数多《あまた》のホチキスの針が刺さっているもの、口に出せないような場所を針と糸で縫い付けているもの――ただただ、無言で、彼女は写真だけを送り付けて来る。

――本当に、これを後藤が？

にわかには信じがたかった。彼自身「大したことをしているわけじゃない」と言っていたし、こんなに酷いことをする男にはとても思えない。もしかしてこれらは全て美月の自作自演なのではないだろうか。

琴子を後藤から引き離すために、後藤の印象を悪くしようとしているのかもしれない。

それにしても……だとしたら、自分で自分の身体を傷付けている美月は異常だ。

最初の頃は抗議の電話を掛けもしたが、美月は出ない。耐え切れなくなってSNSのメッセージを着信拒否にしてみても、今度はメールアドレスに宛てて捨てアドから写真が送られてくるようになった。キリがない。

――かたかたかた。

「…………」

リリン、と鳴るメールの受信音を聞きながら、琴子はテーブルの上に肘をついてぼんやりとガラス戸を見つめた。

揺れている。いつから揺れていたのだろう。よく分からない。

時計は深夜の一時を指している。夫は今日も帰りが遅い。

「痛……」

首の痛みに眉を顰めた。昼間、後藤に美月からのメールについて相談のメッセージを入れたが返信がない。仕事が忙しいのだろうか。男たちはいつでも仕事、仕事だ。

——私にだって仕事がある。

現在担当しているのが、実話の取材を元にした怪談のシナリオなせいだろうか。血まみれの写真、首の痛み、揺れるガラス戸、なんだかあらゆる出来事が不吉な現象に思えてくる。もやもやとした不安が胸に薄い影を作って、それがどうやっても剝がれないような気分だ。

リリン。再びメッセージの着信音。スマホの画面を確認すると後藤だった。

「！」

美月は一気に救われた気持ちになって彼からのメッセージを確認する。

『大丈夫？　しばらく仕事が忙しくて会えそうにないんだけど、話だけなら今度お店ででも』

「こんな話、店でできるわけないじゃない！」

琴子は苛立《いらだ》ってスマホをソファに向けて投げつけた。

リリン、と着信音が鳴る。どうせまた美月だ、と思ったその時、突然ある予感が頭に閃《ひらめ》いた。

――もしかして、今、美月は後藤と一緒にいるのではないか。

そうして、例のＳＭプレイをしながら写真を撮り、それを自分に送り付けてきているのではないか。

そんなわけはない。後藤は忙しいと言ったではないか。この写真はきっと美月の自作自演で――そう笑い飛ばそうとしたが、一度浮かんだ考えは簡単には消えてくれなかった。

――自分に惚《ほ》れている女に、美人の友達を紹介しろと言うような男なのだ。

美月の傷は、確かに、自分で付けるには不自然なものもあった。

もしも後藤が「そういう男」であるなら、その写真を撮って琴子に送り付けるくらいのことはするのではないだろうか？

一緒にいるのか。今。私ではなく美月と。そう思うと、自分でも驚くほど激しい嫉妬が琴子の胸に燃え上がった。

「そんなわけない。美月と会う時間があるなら私と会うはず。だって私の方が愛されてる」

口の中で小さく呟く。しかし疑いは晴れない。確かめる術《すべ》はない。琴子はよろよろとソファに近付いてスマホを取り上げた。

『美月、あんた、今彼といるの？』

そうメッセージを打とうとして、なんとか思いとどまる。これではあの日の美月と同じではないか。

「………」

その代わりに後藤へメッセージを返した。

『会わなくていいから、今すぐ電話して』

なかなか既読にならない。苛々しながらメッセージ画面を見詰めていると十五分ほど経って漸《ようや》く既読のマークがつくが、今度は返信が来ない――ああ、こんな我《わ》儘《まま》を言ったら嫌われてしまうかもしれない。面倒な女だと思われているかも――やがて、そんな不安が大きくなってきて追加でメッセージを入れる。

『ごめんなさい、やっぱりいいです』

また既読が付かない。電話も寄越さず返信もせず、一体何をしているのか。再び苛々が募る。

『ねぇ、私のこと面倒ならそう言って。別に私、気にしないから』

追加でメッセージを入れて、五分後に思い直して取り消しボタンを押す。ああ、おかしなことを送ってしまった。既読はついていなかったけれど、通知画面で読んではいないだろうか。どうか読んでいませんように、と心配になる。不安で不安でたまらない。

――かたかたかたかた。がたがたがたがたがた。

ガラス戸が揺れている。

琴子は唇を噛んで耳を塞いだ。

もううんざりだ、何もかも。


翌日は休日だった。昨夜も朝方に帰って来た佑二は昼近くまで寝ていたが、起き出すと早速キッチンに立ち琴子のためにブランチを作り始めた。

「朝飯食ってないって？　具合悪いのか。これなら食べられる？」

中華粥《がゆ》とザーサイを載せた盆をテーブルまで運んできて、佑二が微笑む。ソファに横たわっていた琴子はよろよろと起き上がった。

――優しい夫。幸福な生活。

この幸福を手放すつもりはない。それなのに、今の琴子には分からなくなっている。

後藤に逢《あ》いたくて気が狂いそうだ。首が痛い。

その時、玄関のベルが鳴った。

「ちょっと出てくるね」

そう言った夫が玄関先へ向かい、宅配業者と話をする声が聞こえてきた。少しして、小ぶりの段ボールを持った彼が戻って来る。

「何だろう？　琴子のお母さんからだ」

「ああ……もうすぐ私の誕生日だからじゃない？」

琴子の母は気遣い屋で、夫と琴子の誕生日には欠かさず贈り物をしてくる。開いてみると中には手作りの焼き菓子が何種類かと、薄いクリーム色をしたテディベアが入っていた。こんな少女趣味なプレゼントを選ぶとは珍しい……そう思いながら、琴子は電話を手に取る。気遣いが細やかな分、礼儀にも厳しく、すぐに礼を言っておかないといろいろと煩《うるさ》いのだ。

「あ、お母さん？　プレゼント届いたよ。ありがとう」

三度のコールで母が出た。焼き菓子の詰められたビニール袋を開けようとしている夫を横目で見ながら、琴子はつとめてにこやかな声を出す。

『え？　なぁに、それ。今年はまだ送ってないけど』

「え……？」

一瞬、どういうことか分からなかった。

佑二が菓子の袋を開ける。美味《おい》しそうに焼かれたクッキーを口に入れそうになるのを、琴子は咄嗟に手で弾《はじ》いた。

「ダメッ！」

クッキーが砕けて床に転がる。佑二は驚いた顔で琴子を見上げている。

「ど、どうしたんだ」

『どうしたの？　琴子？』

「………………」

琴子は電話を放り出し、箱に詰められたぬいぐるみを震える手で取った。くるりとうしろを向けると、背中に真一文字の切り込みが入っている。そしてそれを雑に縫い付ける真っ赤な糸。

——あの人、私の肌を真っ赤な糸と針で縫い付けてゆくの。

美月の声が脳裏に蘇《よみがえ》り、ざわりと身体じゅうの産毛が逆立つような気がした。

「……美月だわ」

「え？　何？　美月さんって、琴子の友達の？」

佑二がぬいぐるみを覗《のぞ》き込んでうわっと声を上げた。

「気持ち悪い、なんだこれ。……あれ、中に何か入ってるぞ」

「ちょっと、気を付けてよ」

粗く縫われた糸の隙間に彼は指を突っ込み、中からぐしゃぐしゃにまるめられた紙切れを取り出した。

「何だ？　これ」

佑二の指が紙片を拡《ひろ》げる。丸い頭に四本の細長い手足、人形《ひとがた》に切り取られた和紙に、琴子の名前が赤い筆文字で書かれていた。

「……っていうことがあったんだけど。美月じゃないかと思って」

翌日、佑二が仕事に出たあとで琴子は後藤に電話を掛けた。

「はぁ？　いや、そんなことはないと思うけど」

しかし琴子の真剣さとは逆に、後藤は半笑いでそれに応える。

琴子は苛ついた。だいたい、そもそもはお前のせいではないか。

「とにかくあの子と連絡がつかないの。そっちでついたら教えて」

あのあと、美月には何度連絡しても返信がなかった。いつもの不気味な写真が送られてくることもなく、琴子は得体のしれない恐怖に襲われていた。

――いったい、あの紙片は何だったんだろう。

まるで、何かの呪いのような。

琴子は首を振る。仕事で怪談なんかを聞かされているせいで、そんな奇妙な考えに走るのだ。

――呪いは相手に「掛けている」と知らせるだけで効果があるんですって。

いつだったか、担当作家である齋藤がそんなことを言っていた。呪われていると思えば、気持ちが悪い。気分が塞ぎ、恐ろしくもなる。だとすれば、確かに琴子は今、呪いに掛かっている。

電話の向こうで、くすくす、と小さく潜めたような笑い声が聞こえた。

「……誰かといるの？」

思わず琴子はそう口に出す。後藤がうんざりしたように答えた。

「いないよ。そういうのやめてくれないかな」

「…………」

分かったものではない。美月なのか――そう思うと、今すぐに叫び出したいような嫉妬に駆られた。二人して自分を弄《もてあそ》び、笑っているんじゃないか、だとしたらあの女、殺してやる。

「ねぇ。怒らないから本当のことを言って。誰といるの」

「誰もいないって。いい加減にしてくれ」

くすくすくす、と忍び笑い。こちらの会話を聞いている。

「嘘を吐かないで！　ねぇ、真実が知りたいだけなの。お願いだから」

「いないって言ってるだろ！　もう切るよ」

「あ……」

盛大なため息と共に、プツンと電話が切れた。

「何よ！　分かってるんだから！」

琴子は電話を握り締めてその場にしゃがみ込む。

——私のことを愛してるんじゃなかったの。

どうしてこんな理不尽な目に遭わなくてはいけないのか、誘ってきたのはあちらなのに。可愛いと、好きだと言った癖に、優しく抱いた癖に。あれは嘘だったのか。どうして、どうして、どうして。

琴子は次に佑二へメッセージを打つ。寂しい、怖い。ひとりで家にいるのが不安で仕方がない。

『ねえあなた、最近物騒だからたまには早く帰って来て』

『無理だよ。仕事が忙しいの、分かってるだろ。その分週末はたっぷり家族サービスするからさ』

「…………」

そういうことではない。自分は今、傍《そば》にいて欲しいのだ。今日、一人で夜を待ちたくないのだ。

突然、それは本当に仕事なのだろうか、という疑いが湧いた。

毎晩毎晩、こんなに遅いなんて。もしかして——。

——ダメだ。影響されている。誰もが後藤のように女にだらしがないわけではないのだ。

信じなくては。自分は幸福なのだ。夫は自分を大事にしてくれている。その証拠に、……その証拠に。

「……とにかく、美月だわ。はっきりさせなくちゃ」

――自分は呪われなどするものか。

こんなことには負けない。疑いなど持たない。

琴子は段ボールに入れっぱなしで放り出してあったぬいぐるみと焼き菓子を紙袋に突っ込んで家を出た。

「美月？　美月！」

美月の部屋のドアをドンドンと叩くと、しばらくして、扉がガチャリと開いた。

「あら。珍しい、どうしたの？　琴子」

顔を出したのは、先日とは打って変わって平静な様子の彼女だった。髪も顔もきちんと整えているし、白い綿ワンピースの部屋着は清潔で可愛らしい。

あんな写真を送って寄越すくらいだ。さぞかしやつれ果てた姿を想像していた琴子は拍子抜けした。

「あ……」

「何？　とりあえず入れば？」

前回会った時の取り乱しようが嘘のようだ。

「う、うん」

部屋の中にもおかしなところは特になかった。綺麗に片付いたリビングに通され、琴子はソファへと座る。もちろん、部屋に後藤がいる気配もない。

美月は紅茶をふたつのカップに淹《い》れてキッチンから戻って来た。

「美月、今日はお休み？」

「うん。この間のカラオケボックスではごめんね。やっぱり私、後藤君とは別れることにしたわ。彼から別れを告げられたの。まあ、もう潮時よね」

「そ、そう……」

まるで普通だ——いや、でもあの数々の写真と、このぬいぐるみは。

「で、今日はどうしたの？」

琴子はおそるおそる、紙袋の中からテディベアを取り出した。

「あの……これなんだけど」

目の前に差し出されても、美月はキョトンとした顔をしている。

「あら、可愛い。くれるの？」

——嘘を吐いているような表情には見えなかった。

「…………」

ゆるゆると腕を下ろす。琴子はそれ以上、どうしていいか分からなくなってしまった。

「……何でもない。知らないならいいの。ごめん、帰るわ」

犯人でないなら用はない。しかし、それなら一体これは誰の仕業だというのだ。

琴子が立ち上がろうとすると、美月が「琴子」と呼び止めた。

「ねえ。あの人、よく私の顔にビニール袋をかぶせてセックスしていたのね」

また、突然何を言い出すのか。琴子はぎょっとした。しかし、今の彼女はあの日のようにうつろな瞳をしてはいない。

ゆったりと微笑み、琴子を見詰めながら美月は続ける。

「それでね。『みーちゃん、みーちゃん』って名前を呼びながら首を絞めてきて」

「…………」

「それがすごく気持ちがいいんだけど、私、ある時気付いてしまったの。彼の背後で小さく『なあに』って応える声に」

「……なに、それ？」

何と答えていいか分からず、琴子はそう問い返すしかなかった。

「あの人、人を殺しているのかもしれない」

「え？」

「私も――このまま死んでもいいって――思ったもの」

彼女の白い首に赤く付いた痕を見た気がして琴子は立ち上がった。

「帰る」

「うん、気を付けてね」

その時見えたキッチンに、何か紐《ひも》のようなものがぶら下がっているのが見えた気がした。そしてその下に――。

――いいや、何も見なかった。

琴子はドアを出ると背後も見ずに駆け出した。

翌日警察から連絡があった。美月は自室のキッチンで首を吊《つ》って死んでいたそうだ。ただ、その時間がおかしいのだ。

警察の調べによると、琴子が部屋を訪ねる一日前には既に死んでいたことになるそうなのだった。彼女から写真が送られなくなった頃だ。しかしそんなわけはない。リビングのテーブルの上にはティーカップがふたつあったというが指紋は出なかった。あの日、琴子はカップに触れていない。

美月の最後のメール送信履歴が琴子だったことから、話を聞きたいという警察に付き従い、確かに昨日彼女の部屋でお茶を飲んだと訴えたが聞き入れて貰えなかった。結局、美月の死体自体に疑わしいところはないために自殺として処理をするそうだ。

琴子は美月が言った言葉が忘れられず、インターネットでそれらしき事件がないか調べてみた。「みーちゃん」と呼び名のつくような女性が絞殺されたという事件がないかどうか。しかしめぼしい情報は得られない。

——こんなこと、調べてはいけない。

もうやめよう。

ぬいぐるみも紙の人形《ひとがた》も捨ててしまえばいい。とにかくもう揉《も》めごとには関わりたくなかった。

あとはあの男に会わなければそれでいい。

「…………」

そこで琴子はふと思い当たって、彼が毎回使うラブホテルの住所を検索してみた。女性、殺人、と続ける。

すると、真っ先に怪しげなオカルトサイトが引っ掛かった。

『ラブホテルで女性殺害、ＳＭの末？　被害者の×野光恵さんのまぶたや唇は赤い糸で縫い取られ、刃物で身体中を切り刻まれ、最後は頸動脈《けいどうみやく》を切られていた』『女性器には大量のエアガンを撃ち込んだ形跡』

「…………」

ごくり、と喉を鳴らす。

そこに書かれた被害者の名前で検索すると、今度は大量にページが引っ掛かった。ニュースも見つかった。しかし最初の怪しげなサイトほど詳細に状況を書いているものはなく（もちろん眉唾ではあるが）、ただ、犯人が捕まっていないということだけが分かった。

──まさか、彼のはずがない。

こんな趣味を持つ男は世間にごまんといるのだろう。

しかし、あの男はきっと、この事件を知っていて私との交わりにあのホテルを選んでいたのだ、という確信を持った。

──女が殺された部屋で。私を抱いたのだ。女の死んでいたベッドの上で。

「……おえ」

慌てて口を手のひらで押さえる。琴子はトイレに駆け込んで嘔吐《おうと》した。

気付けば、かたかたとガラス戸が鳴っている。いったいいつから鳴っていたのだろう。そういえば、どうして？　いつの間にか異音が日常に這入り込み、当たり前みたいな顔をしてそこにいる。首が痛い。

「冗談じゃない、私は無関係なのに」

その時、ガシャンと大きな音がしてトイレの窓が割れた。ガツンと額に何かが当たり、琴子はその場に倒れ込む。いったい何が、と思う間に、身体の上にバラバラとガラス片が降り注いでくるのが分かった。

窓の外を走り去っていく女の影。あはははは、という大きな笑い声――。

投げ込まれた石が琴子に当たったことからこの件は傷害事件となり、犯人はすぐに捕まった。夫の愛人だ。

ぬいぐるみを送り付けて来たのも彼女だった。自白に加え、証拠品として提出したテディベアなどについていた指紋が一致したのである。

「危害を加えるつもりはなかった。少し脅かそうとしただけだ」と彼女は言った。

「本当にすまなかった」

夫が両手を床に突いて土下座している。

「……いいのよ。もう、忘れましょう」

琴子は静かにそう言った。

そう。忘れるのだ。夫の過ちも私の過ちも忘れてしまおう。

私たちはやり直すことができる。

たとえ嫌がらせが全て佑二の愛人の仕業だったのだとしても、説明のつかないことはある。

あの日、自分が相対した美月はいったい何だったのか。警察が死亡推定時刻を間違えるということはあるのだろうか。そうだとでも考えないと説明がつかない。

気付けば、今もかたかたとガラス戸が揺れている。首の痛みはよくなったと思うとまた悪くなり、一進一退の状態だ。

誰かに首を絞められる夢を見て夜中に目を覚ますと、天井からぶら下がる人影を見ることがある。こういうのは死んだ場所に出るものじゃないのか。そう、確か地縛霊とか言ったはずだ。目と口を赤い糸で縫い取られた女の夢を見ることもある。彼女は夢の中でけたけたと開かぬ口で笑う。

――後藤は私のことなどもうすっかり忘れているだろうに、死んでなお私のところへ現れるなんてなんとバカな女たちなのだろう。

彼のカフェは今日も繁盛している。

昨日も店から出る彼を追いかけて、可愛い若い女の子と待ち合わせをしているのを見た。一昨日とは別の女の子だ。ふたりは人通りのある通りでキスをして、腕を組み幸せそうに歩いている。

そのすぐ後ろを、ゆらり、ゆらりと女の影がついてゆく。未練がましく、恨みがましく、愛おしそうに。

「痛」

「どうしたの？」

首を押さえた女の子に、優しい声で彼は訊ねる。

「ちょっと、寝違えちゃったみたい」

彼は一瞬だけこちらをちらりと振り返り、何ごともなかったように視線を戻した。

その背後に取り憑《っ》いたあれが私の顔に見えたのは、きっと気のせいだろう。

＊＊＊＊＊

「これ、次の体験談。録音で悪いけど、テープ起こししてくれる？」

莉代子の取材から一ヶ月ほど経った頃だった。打ち合わせの喫茶店で青葉がそう言って私に手渡したのは、琴子の一人語りを録音した音声ファイルだった。

「次の語り部は成海だ。それから、ちょっと、彼女体調を崩しちゃってさ。担当、今日から俺に代わるから」

「えっ。大丈夫なんですか？　成海さん」

その時まだ彼女の身に起きたことを知らなかった私はそう訊き返した。青葉はカラカラと豪快に笑う。

「いやいや、大したことねーって。あいつも割合、ああ見えて神経が細いとこがあるからな。まあ、俺じゃ不満かもしれないけど、よろしく頼むよ」

ふざけた調子で差し出された青葉の右手を、苦笑して握り返した。力強く大きな手だ。テーブルの上に乗せられた左手に指輪は見当たらない。去年、彼が三度目の離婚をしたという噂《うわさ》が流れてきたのを思い出した。相変わらずパワフルな男だと微笑ましい気持ちになる。

自宅に戻った私は早速琴子の体験談をパソコンに打ち込み始めた。途端に、部屋中の空気が活気づいたように感じる。

——ああ、自分は祝福されている——そう思った。

バイブにしたスマホに凪からの着信があったが、私は無視した。この至福の時間を邪魔されたくはない。今、言葉と私はひとつになっているのだ。するすると、まるで奇跡のように指先が的確な文章を紡いでゆくのを感じる。

この仕事は絶対に成功する。これはもう予感などではなく、強い確信だった。

第四章　空き家の話

　幼い頃、地元で有名な幽霊屋敷と呼ばれる空き家に忍び込んだことがある。

　そこは小さな山の中腹に建つ家だった。敷地も家屋も広く、モダンな造りだが、表通りからはまったく見ることができない。田んぼと山にはさまれた裏のあぜ道からしか入ることができず、子供たちの間では誰か偉い人の別荘であったとか、「気が触れたハカセ」が住んでいて若い娘に人体実験をしていたのだとかいう噂《うわさ》があった。その家の建つ山の名を通称「カミナリ山」という。正式には「神ならび山」。年に一度、地元の祭りではその山に地域一帯の神様が揃《そろ》うと言われている。

　私が子供の頃の話だから、今から二十年以上は昔だ。夏休みのある日、確か時刻は夕方だったと思う。ひとりでそんな場所へ行くわけがないから、私は誰かと一緒にその空き家へ向かったのだ。広い庭は荒れ放題、玄関のドアは板で打ち付けられていたが、破られた開きっぱなしの雨戸から家の中を覗《のぞ》くことができた。

　そこはカウンター式のリビングキッチンだった。オシャレなフローリングの床に、壁に付けられた間接照明。焼けただれたように壁の一角が黒いが、それ以外はテーブルセットなどの家具がそのまま置いてあった。もしかすると浮浪者でも住み着いていたのかもしれないが、テーブルの上にはマグカップや皿などが置かれたままだった。床には雑誌や新聞類が散乱していて、一部はやはり焼けていた。そこに生活の跡を見てどうしようもなく怖かったことを覚えている。

庭にはガラスの破れた温室があった。私の住んでいた地域はバスが一時間に一本しか通らないような田舎で、温室のある家など他に見たことがない。外には広いバルコニー、部屋の中には高そうな絨毯《じゅうたん》。しかし怖がりだった私は、その家に一歩足を踏み入れただけで怖気《おじけ》づいてしまった。そして——そして？

そのあとどうしたのだったか、記憶にない。とにかく生活の残滓《ざんし》を残したまま主を失った家というものが怖かった感覚だけを強烈に覚えている。

「煩《うるさ》いな。放っておいてよ！」

私はそう叫ぶと、相手の返事も聞かずに通話停止ボタンを押した。

「はぁ、はぁ」

怒りが冷めやらない。電話の相手は凪だった。彼女は私から成海の話を聞くと、不躾《ぶしつけ》に「その仕事はそれ以上進めるべきではない」と苦言を呈してきたのだ、図々《ずうずう》しくも。

――一体、何の権利があって。

なぜだか物凄《ものすご》く腹が立った。

私は今、この仕事に賭けているのだ。それを、何も知らない癖に。霊感だか何だか分からないが、そんな不確かなモノで意見を言われたら堪《たま》ったものではない。確かに最初にアドバイスを求めたのは私かもしれないが、あくまでもそれはこの仕事が上手《うま》くいくためにと考えてのことだ。

成海が体調不良を理由に会社を休むようになってから、私の担当は青葉に代わっていた。いわゆる勝手知ったる仲で、一層遠慮なく仕事の相談ができてありがたい。しかし、その後何件か青葉の紹介で体験者に取材をしたが、どれも妙に創作めいているか曖昧模《も》糊《こ》とした話ばかりでこれといった決め手に欠ける体験ばかりだった。

次はもっと怖い話を探し出さなくては。その恐ろしさに読んだ人間が後悔するような、そんな話を書きたい。この仕事をどうしても成功させたい。

今や確かな情熱を持った私は、青葉と相談して自らも怪談の収集をすることにした。その一環で凪に電話を掛けたら、かように水を差されたのである。怒りが湧くのも当然だろう。

冗談じゃない、と思った。もう私には後がないのだ。この企画を絶対に成功させなければならない。

私はSNSなどを利用して何か怪談がないか聞いて回るようになった。そんな折、在籍する作家クラブで初夏定例の懇親会が開催されたのである。

「怪談？　ふーん、スマホアプリねえ。へぇ、齋藤さん、今そんなことやってんだ」
「申し訳ないけど、自分はそういうの信じてないからなあ。ねぇ知ってる？　そんなことよりハタさんがさ……」
「ああ、俺、金縛りとかよくなるよ！」
「ははは、それってただの飲み過ぎじゃないの」

幾人か親しい先生方に声を掛けてみたが、茶化されるばかりで反応は芳しくなかった。当然と言えば当然だ。自分だって、この案件に手を付けるまではそんなこと考えたこともなかったのだから。

そう思うと、これまで青葉が集めてきた体験者たちがいかに特殊な人材だったのかということが改めてよく理解できた。さすが青葉だ——私は今更ながらに彼の編集者としての手腕に尊敬の念を深くする。

「そういう話なら守富《もりと》さんが詳しいよ」

そんな中、そう言ってくれたのは歴史作家の鷺沼藤次《さぎぬまとうじ》先生だった。守富さん——イラストレーターの守富美弥子《みやこ》氏とは私も作家クラブを通じて何度か話をしたことがある。

そういえば、彼女は主に歴史小説の表紙を手掛けているが、時折怪談本も担当していたような気がする。

「え、そうなんですか？」

「うん、たまにそういう話してるの聞いたことある。確か親戚に坊さんだか拝み屋さんだかがいるんじゃなかったかな？　声掛けてみなよ」

――それは凄い、拾い物かもしれない。

私は早速、着物姿でワインを飲む守富氏の傍《そば》へと近づいて行った。

「こんにちは、守富先生」

愛想笑いで声を掛けると、彼女は振り向いてにっこりと笑顔を返して来る。

「あら、いつきちゃん。お久しぶり」

「お久しぶりですー」

そう答えた時、一瞬、ふと彼女の眉が顰《ひそ》められたような気がした。しかしそれはすぐに人懐こそうな笑顔の後ろへと影を潜める。

「？　どうかしましたか」

「ううん、最近調子どう？」

「それが、私、今怪談の仕事をしてまして。怖い話を集めてるんですけど、さっき、鷺沼先生から、守富先生が詳しいって伺って――」

今度は見間違いではなかった。

守富は明らかに眉を顰めて、「怪談?」と不審げな声をあげる。

「え、あ、ハイ。それで、お話少しお聞きできないかと」

「…………」

彼女は真一文字に唇を結び、瞬時に場の空気が凍った。

——何か、まずいことを言っただろうか。

なぜか守富は私の僅か斜め頭上を睨《にら》むようにしながら、「もしかして、それって出水さん絡みの仕事?」と静かに訊《たず》ねた。青葉は彼女とも旧知の仲である。

「え……そ、そうですけど」

「悪いけど、私は協力できないわ。いつきちゃんも今の内に手を引いた方がいい」

ピシャリと言われ、私は一瞬言葉を失った。

一拍置いて炎のような怒りが湧き上がってくる。

——いったい、何だというのだ。どいつもこいつも。

「それってどういう意味ですか。私、真剣にこの仕事を……」

「あなたのためを思って言ってるのよ」

意味が分からない。凪といいこの女といい、どうしてこんなに素晴らしい仕事の邪魔をするのだろう?

「はいはい。もう、いいです。ありがとうございました」

私はぶっきらぼうにそう言うと、サッと守富に背を向けた。このままでは、手に持ったグラスの中身を彼女の大島紬《おおしまつむぎ》にぶちまけてしまいそうだったからだ。

——そうか。きっと、みんな自分に嫉妬しているのだ。

そうとしか思えなかった。青葉の仕事かどうか気にしていたということは、もしかしたら守富も、以前青葉に気があったか関係があったかでもしたのかもしれない。三度も結婚しただけあって、若い頃の彼は大層な遊び人だった。だから、きっと、今も彼に親しく頼られている私のことが気に喰《く》わないのだろう。馬鹿みたい、こっちはそんな個人的な話をしているわけじゃないのに。

青葉だけが私の味方だ、彼だけがちゃんと私の仕事を評価してくれる。その期待に応えなくては——私は熱くなった頭を持て余し、そのままパーティ会場を後にした。

——それにしても、困った。ここまで怪談が集まらないなんて。

ハイヒールの踵《かかと》を鳴らして駅までの道筋を歩きながら考える。必要なのはあと二話なのだ。最後に向けて、思い切り怖い話でなくてはいけない。そう、読んだ人がまるでざらりと錆《さ》びた鉄を舐《な》めさせられるような、根源的な嫌悪を感じる話がいい。それでいて、誰もが共感できる幼い思い出とリンクしているような——。

——幼い思い出。

そこで私は、子供の頃に訪れた地元の幽霊屋敷のことを思い出した。

「あ。そうだ」

肝試しに廃墟《はいきょ》を訪れたことは、きっと怪談や冒険好きな人間なら一度や二度は経験があるだろう。その方向から攻めてみるというのはどうだろうか。


「珍しいわねえ、アンタがわざわざお盆に帰って来るなんて」

カワハギを捌《さば》きながら母が言う。「まぁね、たまには」と私は答えつつ、盆にのせた食器を広間へ運んだ。

懇親パーティの翌々週の盆休み、私はK県へ帰省した。実家では盆休みに本家である我が家に親族一同が集まる。

女衆は炊事、男衆は酒盛りという古式ゆかしい習慣の残る我が家ではあるが、料理さえ出揃えば私たちも酌を兼ねて酒盛りに加わることができる。祖父は既に他界していないが、祖母に祖父の弟、両親とその姉弟家族らが揃った宴会はなかなかに賑《にぎ》やかだ。一通りの支度を終え、私は従兄弟《いとこ》たちの座に混ざった。

私の従兄弟は、父の姉である妙子《たえこ》伯母の娘と息子がひとりずつ、それに父の弟である和則《かずのり》叔父の息子がふたりの計四人だ。それぞれ、圭子《けいこ》と宗太《そうた》、一樹《かずき》と創二《そうじ》という。

皆年齢も近く、男が多いだけあって、子供の頃は集まればヤンチャをしたものだ。今思えば、一番年嵩《としかさ》で監督役の圭子には随分と苦労を掛けたことだろう。むかしから圭子はきっぷの良いお姉さんという雰囲気で、トロくて引っ込み思案で、皆の後からついてゆくのがやっとだった私の面倒をよく見てくれた。

世間話や近況報告も済み、皆ほろ酔いに酒が回った頃、私は機を見計らって切り出した。

「ねえ、あのさ。カミナリ山の幽霊屋敷、覚えてる？」

「おお、懐かしいなあ！」

最初に声を上げたのは宗太だった。

「確かみんなで行ったことあったよな、あれ、いつだっけ」

「そうだっけ？　俺、覚えてないなあ。そういう家があるっていうのは知ってるけど」

唯一、私より年下の創二が首を傾《かし》げる。その廃屋のことは、当時地元の子供ならみんな知っていた。

「お前はまだ小さかったから留守番だったんだよ」

一樹が後を引き取ってそう言った。私は思わず訊ね返す。

「みんなって、私も？」

「そうだよ。怖がるいつきちゃんを面白がって、宗太が無理やり引き摺《ひず》ってってさ」

——そうだ、あの家には従兄弟たちと行ったのだった。忘れていたが、そう言われるとそんな気がする。

「あの時どうしたんだっけなあ。確か途中でいつきが泣きだして」

「ひどーい、全然覚えてない」

私は笑いながらポカンと宗太の背中を叩《たた》いた。とにかく私は、あそこに一歩踏み込んで恐怖に呑《の》み込まれ、それきり記憶が途切れているのだ。

「俺なんかは、ダチとも何回も行ってるからな。家の中を案内するって先頭切ってさ」

宗太が自慢げに口角を上げる。彼は学生時代にはリーゼントにボンタンのツッパリ姿で歩く立派な不良少年で、子供の頃からガキ大将だった。きっと、その日もしぶる私を無理矢理に連れて幽霊屋敷へ向かったのだろう。

「家の中まで入ったの？」

「入ったさ。一部屋一部屋、ドア開けて案内してやったじゃねぇか」

「宗太、わざわざその部屋に出るっていう幽霊の話をするもんだから、いつきちゃん余計に怯《おび》えちゃってさ。まだ夕方で陽《ひ》は入ってきてたけど、薄暗い屋敷を歩くのがおっかなくておっかなくて」

ツーカーで頷《うなず》き合う宗太と一樹に、私は曖昧な笑顔で応える。

「そんなだったたっけ……やだ、私、本当に全然記憶がない」

「いつきちゃん、まだ小学生だったからな。忘れちゃったんだろ」

「うん……」

私の記憶の中にある屋敷の風景は、しんと無音だ。夕焼けの中、耳が痛くなるほどの無音。木々のざわめきも鳥の声すら聞こえない。

「それで、私も一緒に屋敷の中を回ったのね？　外で待ってたんじゃなくて？」

「ああ。それどころか、お前ひとりでどっかいっちまって大変だったじゃねーか」

宗太の言葉に一樹が手を叩く。

「そうそう！　そうだよ。途中でいつきちゃんだけはぐれちゃって……なかなか見つからなくて、肝を潰したなあ」

私はぎょっとした。はぐれた？　あの家の中で、私ひとり？

「うそ。そんなことあった？」

「そうだよ。お前、トロいから……」

「ねぇ、もういいじゃないそんな話。やめましょうよ」

盛り上がり始めた宗太と一樹を制するように圭子が大きな声を出した。

振り返ると、彼女はひとりで深刻な表情を浮かべている。そして一瞬迷うように唇を噛《か》んだのち、取り繕うように続けた。

「……子供が真似《まね》するじゃないの」

「あ。そっか」

私ははっとした。圭子は夫と子供ふたりを連れてきており、小学六年の洋《ひろし》が父親とオセロゲームに興じる隣で、十四歳になる丘《たかし》が興味深そうにこちらを窺《うかが》っている。

「ごめんごめん。気付かなくて」

「いいじゃねぇか、最近のガキはひ弱でしょうがねえよ、おっちゃんらを真似して冒険くらいしたって。なあ」

「野蛮なのはあんただけで充分よ、まったくいつまで経《た》っても」

圭子と宗太の姉弟喧嘩《げんか》を聞きながら、私は記憶を辿《たど》っていた。

先ほどの言葉がどうしても引っ掛かる。

——あの家の中で、ひとりではぐれた？　私が？

そんなに恐ろしいことがあったら忘れたりするものだろうか。それとも、恐ろしすぎて記憶を封印でもしてしまったのか——。

何度思い出そうとしてもさっぱり思い出せない。

「ねぇ、最後にいっこだけお願い。結局私が見つかったのって、どこだったの？」

私の言葉に一樹が首を傾げた。

「お？　どこだったかなあ……覚えてねえよ、もう二十年以上も前のことだし」

「そこをなんとか、お願い。思い出してみて」

両手を合わせる私に、宗太を罵り終えた圭子が早口で言い捨てる。

「……押し入れ。和室の押し入れの中よ。たぶん、怖くなって閉じ籠もってたんでしょう。はい、もう終わりね」

有無を言わせぬ彼女の様子に、この話はこれで仕舞いになった。

──押し入れの中？

もやもやする。一体この感覚はなんだろう。

どことなく腑《ふ》に落ちないものを感じつつ、日付を越える頃まで宴会に付き合ってその日はお開きになった。広い客間に布団を敷き、従兄弟や子供たちを寝かせて、私は家を出てからもそのまま残されている二階の自室へと戻る。

その深夜のことだ。

コンコン、と控えめにドアをノックする音に私は目を開いた。

「………？」

枕元のスマートフォンを確認すると、時刻は午前二時。ベッドに入ってからまだ二時間も経っていない。

コンコン、と再びドアが鳴る。気のせいではなさそうだ。

私はそろりとベッドを下りてドアへ近づいた。こんな夜中に一体誰が？　怪談を聞き慣れてしまったせいか、不吉な予感にドアを開くのがためらわれる。

「いつきちゃん。俺、丘」

「丘? どうしたの、こんな時間に」

ドアを開けると、Tシャツに短パン姿の丘が立っていた。俯《うつむ》き気味に、もじもじと手足の指を動かしながらこちらを上目遣いで見上げている。

「あのさあ。あれ。さっきの話」

「さっきの?」

「カミナリ山のオバケ屋敷の話だよ。俺、ちょっと話したいことがあってさ……母ちゃんには絶対内緒にして欲しいんだけど。いい?」

——「アタリ」だ。

唐突に、そんな予感が降りてきた。私は内心逸《はや》る心を抑えつつ、丘を自室に迎え入れてソファへ座らせた。

＊＊＊＊

「空き家の話」語り部:宇土《うど》丘

「丘はあの家に行ったことがあるの? ていうかあそこ、まだあるの」

私の問い掛けに、丘はどことなくバツが悪そうに頷いた。

「うん、あるよ。もう大分ボロいし床が抜けてるところもあるから、ほんとは入るのが禁止されてるけどね。俺、こないだ、卒業した先輩に連れられて初めて行ったんだ……あの、本当に母ちゃんには言わないでね」

両手を膝の間に挟んで、上目遣いでこちらを見上げる彼は怯えているようでもあった。圭子はなかなかに厳しい母親である。確かに、知られたら相当に怒られるかもしれない。しかしこの怯え方は親に怯えているというのとも少し違うような気がした。

「うん、分かった。圭子ちゃんには絶対言わない」

私の言葉に、丘はようやく肩の力を抜いた。

「それで、何があったの？」

「うん……俺たち、夜中に家を抜け出してカミナリ山に集まってさ。肝試しをしたんだよ。正直、オバケ屋敷に辿り着くまでもかなり怖かったんだけど」

カミナリ山こと神ならび山には街灯などひとつもない。本当に田舎の、観光地でも何でもない小ぶりな山なのである。その中を廃屋まで懐中電灯ひとつで登るのはおそらく相当に勇気の必要なことだったろう。おまけに、家があるのは山の裏側、表通りからも離れている。

丘によれば、廃屋に関する噂は私が幼かった頃よりも禍々《まがまが》しいものに変化しているようだった。私の記憶にあるそれは、せいぜい、以前の住人が狂人であったとか、温室には実験に使われた人や動物の死体が埋まっているとか、その程度のたわいのないものだ。

それから時が経ち、くだんの場所が「かつて人が住んでいた家」ではなく「廃墟」として認識されるにつれて、新たに付加された事実と思春期の子供たちの想像がないまぜになって、そうした場につきものの忌まわしさが加わった。

いわく、そこは過去不良たちのたまり場になっており、若い女を連れ込んでは軟禁、凌辱《りようじよく》していた。それが原因で自殺した少女の霊がそこを訪れる男を呪い殺す。

いわく、深夜零時に廃墟を訪れると地下室への階段を見付けることができるが、そこは異次元への入り口であり、ひとたび降りれば二度と現世へ戻ってくることはできない。

「自殺した少女と地下室ねえ、それは私の頃には聞いたことのない話だわ」

前者の不良のたまり場云々《うんぬん》、という話はおそらくある程度の真実から生じた噂だろう。

女の子を連れ込んでどうにかした、とまではいかないにしても（それが事実であれば田舎町で噂にならないはずがない）、そこをたまり場にしていたワルガキたちがいてもおかしくはない。それに尾ひれがついたものだと推測できる。

地下室云々については、匿名掲示板全盛期の頃そういった「異次元へ踏み込む」怪談が流行したらしいので、そこからの派生かもしれない。「きさらぎ駅」や「時空のおっさん」などのタイトルの異次元訪問譚がいくつか、集めた資料の中にあった。

私も、ただ唯々諾々と青葉からセッティングされた取材をこなしているだけではなく、いろいろ勉強しているのである。

「いつきちゃん、怪談詳しいんだな」

私の考察に、丘は少しだけ明るく、感心したような顔を見せた。

「じゃあ、本当に俺の話、信じてくれるよね？　大人は絶対に信じてくれないって、だから誰にも言うのはやめようって友達と約束したんだ。でもいつきちゃんだったら何とかしてくれるよね？」

縋《すが》るような目でこちらを見上げて来る彼の顔は真剣だった。

「俺たち、たぶん、あの家で呪われちゃったんだよ」


その夜、丘はスマホで動画を撮影しながらその空き家に入ったという。肝試しのメンバーは、高校生の先輩ふたりと丘、部活仲間の同級生（Hとする）の計四人。先輩のひとりが動画配信者まがいのことをしており、再生数を増やすのに心霊スポット探索は「鉄板」だと言って持ち込んできた話だそうだ。

庭へと続く小路《こうじ》の入り口にある錆ついた鉄門は鎖でしっかりと閉ざされているが、垣根を刈り払った抜け道があり、庭へと入ることができる。彼らはまず、破れた温室を含む庭一帯を一通り撮影してから、茶色い塗装がボロボロに落ちた玄関のドアを開けた。

私の幼い頃に扉を打ち付けていた木板はとっくに取り払われていたようである。逆に、破られた雨戸はベニヤ板で修復されているらしい。おそらく不良たちか浮浪者か、ともあれそこに入り浸る誰かが過ごしやすいように修繕したのであろう。

ログハウス風に建てられた家は、玄関を入るとまず二階まで吹き抜けのロビーがある。彼らは土足のまま家の中に上がり込み、埃《ほこり》っぽい空気やギシギシと鳴る床に歓声を上げながら中へ進んだという。もちろん、スマホでその逐一を撮影しながら。

ロビーの脇には二階へと続く階段があるが、まずは一階を探索することにした。二階はところどころ床が抜けているとの情報があり、危険だと判断したそうだ。

ドアを開くと廊下が伸びていて、左右に二つずつ部屋がある。ドアは全てきちんと閉まってはおらず、半端に開け放たれていた。まず右側の一番奥の部屋へ彼らは足を踏み入れる。

そこは寝室だった。

色褪《いろあ》せ、ところどころナイフで切り裂かれたように破れてスプリングが剝《む》き出しになったベッドマットのみが木製のダブルベッドの上に乗っている。ベッド自体の造りは頑丈で、高級そうだった。マットにはところどころ、大小の茶色い染みがあった。

――不良たちが少女を軟禁して犯したという。

その噂をおそらく少年たちの誰もが思い出したが、口には出さなかった。仲間内で明るい下ネタとして話すには少しばかりシリアスで、気まずい。多少の悪ふざけはするものの、基本的に真面目ないまどきの学生である彼らはまだまだ性的なことがらを友人と共有することに対して臆病だった。

――確かにそのはずだったのだ。

丘の話を聞くうちに、私の脳裏にはその廃屋の内部がありありと思い浮かんできた。白い壁紙に散るピンクの小花柄や、寝室に下がるスズランのようなシャンデリアまでが目に浮かぶ。彼はそんなことには一言も言及していないというのに。

これは幼い自分の記憶だろうか。

彼らはことさら明るくはしゃぎながら寝室のあちこちを懐中電灯で照らし、動画に収めた。もちろん、特におかしなことは起こらない。寝室を出て、さらに手前の部屋へ。そこは応接間だ。重厚なテーブルセットはバブルの頃によく見たような、大木をそのまま切り出したものだった。おそらくその上に載せられていたのであろうガラスの天板が割れて周囲に散乱している。艶を失った革製のソファもまた、ところどころが切り裂かれて中のクッションが覗いていた。

部屋の中は確かに荒れてはいるが徹底的に荒らされ尽くしているというわけでもなく、壁に設《しつら》えられた飾り棚の中には古びた人形や民芸品らしき置物が残っている。

――藤娘だ。

黒い笠を被《かぶ》り、薄紫色の着物を着て、手には爛漫《らんまん》と咲き誇る藤の枝を一振り掲げた藤娘。

私の脳裏に、うりざね顔の人形の真っ白い肌、ちょんと赤い唇、枝を持つなよやかな指先までもが蘇《よみがえ》った。私は、あの日、やはり屋敷の中へ入ったのか。一歩踏み込んでからの記憶はないが、断片的に思い出されるこれは確かにあの家の中の光景だった。

丘と仲間たちはそれらもしっかりと動画に収め、次の部屋へと向かった。廊下を挟んで玄関側にあるのが、過去に雨戸の破れていた、壁の一部が焼け焦げたリビングキッチン。そしてその奥、家の一番奥まった場所に——。

「子供部屋？」

思わず声を上げた私に、丘が頷く。

「そうそう。よく覚えてるね、いつきちゃん」

丘が一瞬ぱっと破顔し、そしてすぐにその表情が暗く沈んだ。

「そこまでは良かったんだ。確かにいろいろと不気味ではあったけど、おかしなことは何もなかった」

ドアを開いた瞬間、そこが子供部屋だということはすぐに分かったという。

勉強机に二段ベッド、そして壁に貼られた九九の暗記表などからして、おそらく小学生くらいの子供がふたり、かつてここを使っていたのだろう。

先輩のひとりが懐中電灯で二段ベッドのあたりを照らした時だった。

「うわっ」

　突然、丘の同級生であるHが小さく叫んだのだという。その声に驚き、先輩が懐中電灯を取り落とした。

「な、なんだよ、どうした？」

「ビビらせんなよ」

　カメラを構える丘を筆頭に、皆が口々に叫んでそちらに注目する。

「いや……ごめん。おい、ちょっと」

　Hが暗闇に向かって声を掛ける。

　ふと見れば、転がった懐中電灯がベッドのあたりを照らし、そこに、すうっと人間の足が浮かび上がっていた。黒いストッキングにローファーを履いた、すんなりと細い二本の足がこちらを向いて――。

「わっ」

　驚きの声を上げながら、もうひとりの先輩が持った別の懐中電灯がそちらをさらに強く照らす。

「あ……？」

　改めて見てみると、そこには、セーラー服姿の少女が立っていた。懐中電灯の光を眩《まぶ》しそうに腕で避《よ》けながら、身を竦《すく》めて立ち尽くしている。

——え、こんなところに女の子？

丘はその時、強い疑問を感じたという。しかしそれはどう見ても生身の少女で、霊とかオバケとか、そんなものには到底見えなかった。

肩までのセミロングの黒髪。セーラー服の袖から覗く細い手首は白く、おそるおそる腕を下ろして現れた顔立ちは愛らしい。

仲間たちは一気に色めき立った。

「え、君、こんなところで何してるの？」

「びっくりしたぁ」

「何何？　君も肝試し？　友達とはぐれちゃったの？」

少年たちの矢継ぎ早の質問に、少女は少しばかり怯えた表情でこくりと頷いた。

「わ、私……彼氏と来たんだけど、はぐれちゃって。怖くて動けなくて……」

少女が口を開いた。

その声も可愛らしく、どう考えても生きた生身の人間のものだったそうだ。

「そっかー、ここまで他に誰も見なかったけどなあ」

「もしかして置いて帰られちゃったとか？　酷《ひど》いな」

懐中電灯を拾い上げた先輩がバツが悪そうに頭を掻《か》きながら少女の背に腕を回し、子供部屋の外へ促す。彼らがチヤホヤと少女を構うのを呆然《ぼうぜん》と眺めていた丘だったが、次第に友人たちの態度が奇妙なものになってゆくのに気付いた。

「どうする？　ここでやっちゃう？」

「そうだな、ここなら叫ばれても大丈夫だろ」

少女と先輩に前を歩かせながら、Hたちがコソコソと囁《ささや》き合う言葉を聞いて丘は目を丸くする。

「おい、ちょっと待てよ。何の相談をしてるんだ？」

慌てる彼に「お前にも順番回してやるから安心しろよ」とニタニタ笑うふたり。間違いなく、彼らは少女を犯す相談をしていたのだ。

——おかしい、そんな奴《やつ》らじゃないのに。

少女の腰に腕を回す先輩も含め、彼らの表情は何かに浮かれたように高揚し、興奮している。

その時だった。

少女が突然、タッと駆け出したのだ。

「あっ、おい！」

先頭を歩く先輩が慌てて懐中電灯を向けたが、彼女はその光の輪の外へと軽やかに消えてゆく。

「待てよっ！」

少年たちが一斉に駆け出した。

「ちょ、おいっ」

丘も慌てて後を追う。

「クソッ、どこ行った!?」

「絶対捕まえろ」

既に野蛮な欲望を隠さなくなっている彼らに、丘は必死で訴えた。

「おい、やばいって。みんな落ち着けよ！　そもそもおかしいだろ、こんなところに女の子がいるわけない……そうだ、いるわけないんだよ！」

よく考えれば彼女の恰好《かっこう》もおかしい。こんな夜中になぜ制服を着ているのか。丘たちの地区の中学では最近制服が廃止され、私服登校になった。式典の時くらいしかセーラー服など見かけない。

しかし、丘の言葉には誰も耳を傾けてはくれなかった。リビングキッチン、寝室、応接間。順番に部屋を回って、玄関ロビーへと彼らは戻って来た。

「なぁ、もう帰ろう。頼むから……」

息を切らせた丘が顔を上げた時、彼らの中にHがいなくなっていることに気付いた。

「……おい。あいつ、どこ行ったんだ」

「え？　あれ、おかしいな。さっきは俺の前を走ってたけど」

言葉に被せるように、バタバタバタバタ、と二階でせわしない足音がするのが聞こえた。

「二階か。いつの間に」

「あの子もそっちかな」

全員が天井を見上げて頷く。懐中電灯に照らされた階段は、まるで彼らを誘っているようだった。

――いけない。

ダメだ、と私は思う。二階はダメなのだ。

彼らは懐中電灯で階上を照らしながら、さすがに慎重に一段一段、ゆっくりと階段を昇って行った。ギシギシとあやうげに踏み板が鳴る。手すりは既に朽ちている。

――そうだ。こうして私は昇って行った。

足音に導かれるように。階上に開かれた明り取りの窓から赤い夕焼けの光が入って来る。一緒に家に入った従兄弟たちの声は聞こえない。この家の中には私ひとり――いや、それから、二階の足音の主もいる。

軽やかな足音。踊り場で一呼吸置いて見上げると、紺色のプリーツスカートがひらりと右側の部屋に入っていくところだった。

私は再び階段を上がり始める。部屋の襖《ふすま》の隙間から、すうっと白い腕が二階の床近くに現れて、おいでおいでをしてまた引っ込む。

私は二階に昇り切った。廊下がまっすぐ伸びていて、左は砂壁、右側にはずらっと奥まで襖が続いている。どうやらそこには広い和室があるようだ。一番手前の襖が僅かに、十センチほど開いていた。中には赤い光が満ちている気配がする。私はそっと襖のへりに指を掛けて、それを押し開く。

覗き込んだ部屋の真ん中にセーラー服の少女がぶら下がっていた。部屋を仕切る欄間にロープを掛けて、首を吊《つ》って、ゆらゆらと。

黒髪がさらりと肩に落ちている。白い顔がこちらを向いて、閉じていた瞼《まぶた》がぱっちりと開くとその奥には白目の真っ赤に染まった澱《よど》んだ瞳があった。そして彼女の顎がぱっくりと首まで垂れさがったと思ったら――。

叫び声は出なかった気がする。次に気が付いた時には真っ暗な場所に座り込んでいた。私は声を限りに泣き叫び、壁を叩き、そのまま一体どのくらいそうしていたのか――やがて意識を失った。

丘たちは和室に駆けこんだ。押し入れを開くと、そこにはなぜかHが膝を抱えて座り込んでいたらしい。

「おい」

丘は彼の肩に手を掛けて揺する。大きく目を見開いた瞳からぼろぼろと涙をこぼしながら、少年の指がまっすぐに部屋の中心を指さす。

——そう。その、うえには。

少女がぶら下がっている。

＊＊＊＊

ハッと目を開くと見慣れた天井があった。

「あ……」

痛む額を押さえつつ上半身を起こす。いつの間に自分のマンションに戻って来たのか、記憶が曖昧だ。Tシャツが寝汗でべっとりと濡《ぬ》れて気持ちが悪い。

一体、どこからどこまでが夢だったのか。

スマートフォンを持ち上げて日付を確認する。八月十八日。予定では十七日まで実家で過ごすはずだったので、間違ってはいない。一昨日の深夜に丘が部屋に来て、話をどこまで聞いて、翌日どう過ごしてこちらに戻って来たのだったか。

——そんなにお酒を飲んだ覚えはないけど。

起き上がろうとするとズキリと首が痛んだ。寝違えてしまったのだろうか。私は首を押さえながら体を起こす。

丘の話の結末がどうだったか、どうしても思い出せない。あのあとあの子たちはどうしたのだろうか。確か、圭子たちは今日まで実家で過ごすと言っていたような気がする。

どうしても気になって、私はベッドから下りると実家に電話を掛けた。

「もしもし、あ、お母さん？」

「ああ、もしもし？　どうしたの、何か忘れ物？」

電話に出た母には特にこちらを気にするような様子はなかった。やはり、私は普通に過ごして帰って来たのだ。よくよく思い返せばうっすらとそんな記憶があるような気がする。

自分の記憶の混濁はさておき、とりあえず取材を完遂させることにした。

「ねえ、丘、まだそっちにいる？　ちょっと話したいことがあるんだけど」

私の言葉に、電話の向こうの母が一瞬息を呑《の》む気配がする。

──あれ？

少し戸惑うような沈黙のあと、潜めた声に怒気を含ませて母は答えた。

「あんた、お盆だからって何の冗談よ。丘はもう……」

そこで私はとある事実を思い出して愕然《がくぜん》とした。

そうだ。

丘は三年前、中二の夏に先輩のバイクの後ろに乗っていて事故に遭い、死んだのである。深夜に、何かに追われるように猛スピードで走って曲がり切れず電柱にぶつかった。

「…………」

どうして忘れていたんだろう。

今回圭子が連れて来ていたのは洋だけだ。丘など最初からいなかった。

だから、深夜に私の部屋まで怪談を語りにくることもない――。

「ご、ごめん。何でもない。忘れて」

私は慌てて通話を切り、ベッドの上へ電話を投げ出すと頭を抱えてしゃがみこんだ。

「何？　どういうこと？　どうして？」

かたかたとガラス戸が揺れている――首が痛い。いや、これは私の体験ではない。成海の体験したことだ。けれどどこかで、ひそかに、確かに、その振動の音が聞こえる。

――私はいったい何をしているの。

そうだ。原稿。原稿を書かなくちゃ。今の自分の体験もしっかりと書き記すのだ。それが――。

それが？　それが仕事だっただろうか。私はいったい何をしているのだ。怪談、怪談を書く、それが青葉の望みだから。

デスクの上のノートパソコンを見上げた。ゆっくりと立ち上がり、ワードソフトを起《た》ち上げる。椅子に腰かけて震える手で文字を打ち込み始めると、途端に部屋じゅうの空気が活気づくのを感じた。

——活気づく？　何が？

これまで、ずっとその気配に後押しされている気がして心強かった。けれどこれは、いったい、何なのだ。

凪と喧嘩をして、守富に暴言を吐いて、そうまでしてこの作業を尊く愛《いと》おしいと感じていた。

そのためには何が起ころうと受け入れる。自らの運命を語る酒々井氏もこんな気持ちだったのだろうか。

自分はなぜ、この状況をおかしいと思わなかったのか。

——いや、でも、今更後戻りはできない。もう少し。もう少しで完成なのだ。この物語を書き終えたら、あと一話。

キーボードを打つ指先が軽い。丘と私の物語を書き付けながら、確かに心が高揚してゆくのが分かる。まるで何かに取り憑《つ》かれたように文章を書きながら、私はいつの間にか滂沱《ぼうだ》の涙を流していた。

「……助けて。こんなのおかしい」

ぽろりと言葉が流れ出た。私はバンとノートパソコンを閉じる。

私が書いているものは、いったい何なのだ。これを始めてから明らかに何かがおかしい。けれど、自分でもそれがどうしてなのか分からない。よくよく考えれば、凪と喧嘩をすることなど今まで一度だってなかった。窓際の観葉植物が枯れている。そういえばいつから掃除をしていないのか覚えていない。これは亜矢の追体験だ。

——書きたい、書きたい、書きたい、書きたい。

その欲求は、やがて、書け、早く書け、という何人もの怒号になって頭の中に渦巻き始める。

書け書け書け書け書け書け、早く早く早く早く早く早く。

「うるさい！」

私はスマホを取り上げ、涙を手の甲でぬぐいながら凪に電話を掛けた。繋《つな》がらない。当たり前だ、きっとまだ怒っているだろう。

——確か親戚に坊さんだか拝み屋さんがいるとか。

——出水さんの仕事？　いつきちゃんも今の内に手を引いた方がいい。

守富。彼女ならもしかして何か知っているのかもしれない。私は縋るような気持ちで守富に『助けて欲しい』とメッセージを打つ。

『分かった。電話しても大丈夫？』

ほどなくしてそう返信が来た。途端に、彼女に対する強い憎しみが湧き上がる。邪魔をしようとしている。話しちゃだめだ。

やっぱりいいです、と返信しようとして、メッセージに一枚の写真が添付されているのに気づいた。

それはどこか、緑に囲まれた神社の境内を写した写真だった。見ているうちに波が引くように彼女への憎しみが薄れて、怖い、という気持ちが湧き上がる。

——怖い。自分の心の中に自分ではない誰かがいて、勝手に感情を操っているみたいだ。

『はい。大丈夫です』

すぐに折り返し電話を掛けてきた彼女は何も訊ねなかった。

「いつきちゃん、怖かったわね。でも安心して。とにかく会わせたい人がいるから予定を教えてくれる?」

「守富さん。私——パーティの日はひどいことを」

「そんなことどうでもいいのよ。それよりもその部屋、すぐに出なさい。ホテルでもお友達の家でもいいから、今夜はどこかに泊まって。できれば私たちに会うまで夜はそこに戻らないで」

「へ、部屋を出るんですか」

「そうよ。その部屋、沢山『いる』でしょう?」

ぞくり、と背筋が冷えた。

守富との電話を切った私は財布を摑《つか》んで部屋を飛び出し、その夜は近所のネットカフェに泊まった。

しかし、あと一話。どうしても書き上げなくてはという使命感が消えない。書き上げたらきっと素晴らしいことが起こる。書き上げたらきっと恐ろしいことが起こる。同時に相反する確信が胸に湧く。

「はは。イカれてる」

フラットシートの上で身体《からだ》を丸めて、私は自嘲した。

第五章　憑くもの

守富が紹介してくれたのは彼女の甥《おい》にあたる土屋瑠依《つちやるい》という霊能者だった。

ネットカフェで一晩を過ごした後、守富が瑠依との約束を取り付けてくれるまでの五日間、私は友人の部屋に泊めて貰《もら》った。自室には戻らず、ＰＣも開いていないので青葉から連絡があったかどうかは分からない。締め切りまでは余裕があったし、幸か不幸か、他の編集者から急な連絡が来るような仕事もないので問題はないだろう。

都内の喫茶店に現れた瑠依は想像していたような人物とは随分と違った。霊能者というからには、黒尽くめの服に坊主か長髪というような胡散臭《うさんくさ》い出《い》で立《た》ちの男を想像していたのだが、瑠依はごくふつうのＴシャツにＧパンを穿《は》いた、いかにもまだ成長途上に見える、線の細い十九歳の青年だった。

前髪を長めのマッシュに整えた今風の髪型は見るからにサラサラと柔らかい。真っ白い肌に長くて濃い睫毛《まつげ》、一見して美少女とも見まごうような、整った顔をしている。ともすれば相対するのに緊張するような美形ではあるが、その笑顔にはどこか人を安心させる穏やかさがあった。

「なるほど……『呪い』ですか」

私の話を聞き終わった瑠依は、カップを持ち上げてカフェインレスのコーヒーを一口啜《すす》ったあとにそう言った。

「の、呪い……なんですか」

説明の最中、この一連の出来事について私は明確にそう口に出したわけではなかった。ただ、凪が最初にした注意喚起、そして「御嫁様」の体験談や丘の発言として「呪い」という言葉を使ったのみである。

「そうですね。齋藤先生は気付いていらっしゃらないかもしれませんが、集まった体験談は全て『呪い』に関するものです」

「先生はやめてください、瑠依先生」

私は恐縮した。実際、とても先生だなどと呼ばれる立場ではない。むしろ、こちらが彼のことを「先生」と呼ぶべきだろう。

「あはは、ではお互い『先生』はナシで。いつきさん」

瑠依はいたずらっぽく笑ってそう言った。

彼の横で静かに場を見守ってくれていた守富が口を開く。

「あの人――出水さん。昔から何を考えているか、ちょっと分からない人だったわ。

……ううん。というよりも、善《よ》くないことを考えている感じがした」

唇に軽く指を当て、しばらく空を見つめたあとで瑠依が応える。

「……確かに。怖い人だね。何だろう……動物かな。憑《つ》き物……？」

「そうかもしれない。心当たりがある」

「ああ。だからこっちにも来てるのか……」

私には何がなにやら分からない会話でふたりは頷《うなず》き合っている。

「あ、あのぅ。最初に、私が見た夢のことなんですけど」

私はおそるおそる訊《たず》ねた。ただの夢と言ってしまえばそれまでなのだが、今、この状況になってみるとやはり不可解な事象の始まりともいえるあの夢がどうしても気になってくる。もしかするとこのふたりなら、何かそこに理由を見出《みいだ》してくれるのではないかと思った。

瑠依が微笑《ほほえ》む。

「ああ。その夢自体には害はないので心配は要りません。そうですね……それは、いつきさんのご先祖様や守護霊からの警告のようなものです。『ここから先へ進んではいけない』という」

「警告……」

「はい。けれど、あなたはその道を選んでしまった」

分かれ道の奥深く、女たちの首吊《くびつ》りの森へ。

「へ、部屋に何かいるような気がするんです。怖いとかそういうんじゃないんですけど、なんていうか……私が仕事を始めると、ワッと部屋中が活気づく感じがして。全然、嫌な感覚ではないんですけど。むしろ気持ちがいいというか。仕事もすごく捗《はかど》るし……でもよく考えたらおかしいなって」

「それが『動物』ですね。出水さんに憑いている『憑き物』です」

「つきもの」

「ええ。だけど、彼自身がコントロールしているわけではないみたい。齋藤さんが依《よ》り代《しろ》になってくれそうだから勝手に集まってきてしまったんじゃないかな」

するすると語る瑠依の言葉に私は困惑した。

「すみません。ちょっと、話がよく分からないんですが……」

「失礼ですけど、出水さんと肉体関係を持ったことはありませんか？」

「瑠依」

瑠依のあっけらかんとした物言いに、守富がピシャリと咎《とが》めるような声を上げた。

「ごめん、ごめん。でも大事なことだから」

「…………」

私は啞然《あぜん》としながらも全身に血がかけ巡るような羞恥を感じる。しかし声こそ軽やかなものの、彼の瞳は真剣で馬鹿にされているような雰囲気ではない。

熱くなる頬を両手で押さえつつ、私は俯《うつむ》いた。

「あ、あります。その……でも昔、ほんの一回きりで……」

「だけど、彼のことが好きなんですよね？」

余計に、かっと頬が熱を持つ。

「……そ、それは」

「ごめんなさい、いつきちゃん。答えなくていいのよ。この子、ちょっと無神経で」

「無神経って、酷《ひど》いなあ」

「大体あなたは昔から……」

「あ、いいんです。大丈夫です」

言い合いになりそうなふたりを制して、私は顔を上げた。今更恥ずかしがっても仕方がない。

「はい。確かに、私は彼のことが好きでした」

——しかも、随分と長い間。

彼が女好きで、昔からあちこちの作家や編集者に手を出していることは知っていた。

青葉自身が若い頃には時代もあって、その性質はむしろ仕事に上手《うま》く作用していたが、
段々とそういった行為がセクハラやパワハラと認識されるようになり、いろいろと揉《も》め

ごとが起きたこともあって彼は編集者を辞める決心をしたようだった。

酒の弾みで寝たというのは言い訳だ。私はあの日、どうしても彼と寝たかった。彼がもうすぐ編集者を辞めるという噂《うわさ》を耳にしたから、これが最後の機会になると思った。それで、酔ったふりをして誘惑したのである。

一次会、二次会と杯を重ね、その後彼にしなだれかかる私をあっさりと青葉はホテルに連れ込んでくれたが、それだけ。それきりだ。

朝になって何事もなかったようにホテル前で解散して、それ以来、この話が出るまで彼からは何の連絡もなかった。

――叶《かな》わない恋なのだと思った。

だからその夜を最後の思い出にして、全てを忘れるつもりでいた。

私はデビュー当時から青葉に好意を持っていた。恋人になれなくてもいい、せめて仕事で彼の役に立ちたい。何年もそう思ってきたが売れない作家である私にはついぞその願いは叶わず、今、ここに来てようやく彼から頼られたのだ。

「その……身勝手なお願いですが、できたら、仕事だけは遣《や》り遂《と》げたいんです。何かありますよね？　その、『動物』だとかおかしなことだけをなくす、お祓《はら》いとかそういうやつが」

私の言葉に、瑠依はすうと目を細める。全てを見透かしているような、そして憐《あわ》れみに満ちたような、そんな表情だった。

「彼は確実に『分かって』いてあなたを選んでいます」

瑠依が力強くそう言った。それは、少しばかり怒りの滲《にじ》む声に聞こえる。

「いつきさんなら自分のために動いてくれる、言うことをきいてくれると分かってる。『憑き物』たちはそんな彼といつきさんの心に反応してあなたの元に集まって来た。でも、それはただのオマケです」

「オマケ?」

「はい」

瑠依の瞳が鋭く細められる。私の斜め背後あたりを見遣りつつ、指を唇にあてて少し考え込むような仕草をした。どうやら、それが何かを「視《み》る」ときの癖のようだ。

「そのゲームアプリ。それ自体が、プレイヤーに『呪い』を追体験させる仕組みになっていますね。しかも、ただ物語を読むだけじゃない。多くの人が、それぞれの手元に、自分の持つ端末に『呪い』をインストールしてしまう」

ざわり、と僅かに首筋が粟立《あわだ》った。

このアプリは基本的にスマートフォン用だ。多くの現代人にとって、スマホというのは脳の外付けハードディスク、またはクラウドストレージのようなものである。持ち主本人と思考やメモリの多くを共有し、依存している。

「出水さんが作ろうとしているものはただのゲームや読み物ではありません。呪いを集めることによって新しい大きな呪いを作り、プレイヤーに疑似体験させることで拡散してその力を増幅させるシステムなんです」

にわかに話が大きくなってきた。

瑠依の言う理屈はなんとなく分かった。それに、実際に自分が奇妙な目にも遭っているし、怪奇現象そのものを信じていないわけではない。

しかし、それが何やら大きな陰謀論じみた話になってくると途端に現実味を失った気がしてきて、私は腰が引けた。

「あの、青葉さんはそんなものをいったいどうして……？」

「さぁ、そこまでは分かりません。でも、これは完成させてはいけないものです。いつきさん。余計な願望は捨てて、今すぐに手を引いてください」

私は内心で唸《うな》った。

彼の言うことを鵜呑《うの》みにして仕事を放り投げてもいいものだろうか。あくまでもこれはビジネスである。そう我に返れば、自分の多少の恐怖体験など気に留めるほどのものではないのじゃないかと感じられてくる。

「だ……だけど、もうここまで進んでしまった仕事を、私の勝手で中止することはできません」

私は両手を膝の上でぎゅっと握りしめて言った。

そうだ。そもそも、自分はこの仕事をやめようと思って守富に相談したわけではない。奇妙な現象だけをお祓いなりなんなりで取り除いて貰えればそれでいいのだ。一度引き受けた仕事を放りだすつもりはもとよりなかった。

凪にしろ守富にしろ、私はとにかくこの仕事が上手くいくように協力して欲しくて相談したのだ。正体を突き止めたいとか真実を知りたいとか、そういうことではない。私の身の回りに変なことさえ起こらなければそれでいいのである。

「その……なんとかならないんでしょうか。さっきも言いましたけども、お祓いとかそういうものでちゃちゃっと問題解決、みたいな……あ、もちろん、自分でできることならやります。何ですか、写経？　とか、そういうの。必要なんですよね？」

えへへ、と曖昧に笑う私の言葉を聞いた瑠依はため息を吐《っ》いた。

「いつきさん。結局は自分で縁を切らなければ『呪い』は終わらないんですよ」

「はぁ……でも、その。仕事ですし……」

私は口の中でもごもごと言い募る。やはり、どうしても仕事を仕上げることだけはしたい。そのための救済手段のようなものはないのだろうか。

そもそも、呪いや憑きものというのは今ひとつ実感が湧かない。確かに私には何かしらおかしな現象が起きているとは思うが、それを解決してくれるのが霊能者というものなのではないか？

そんなことを考えていると、瑠依はごそごそと椅子に掛けた鞄《かばん》を漁《あさ》り、なにやら小さな袋を取り出すと「コレ」と言って手渡してきた。

「気休めですけど、お守りです。憑き物に強い神社のお守りに俺の気を乗せました。たぶん、これで部屋にいる『動物』の気配はなくなると思います」

「本当ですか！　ありがとうございます！」

喜び勇んでそれを受け取ろうとした私の手を、守富がピシャリと叩《たた》く。

「痛っ」

「ダメよ、いつきちゃん。ちゃんと出水さんに今回の件をお断りするって約束してくれなきゃ、それは渡せないわ」

「ええ……」

――ケチ。

と考えたのが通じたのかどうなのか、守富はピクリと片眉を上げて私を睨《にら》んだ。

「……分かったわ。仕事が不安なら私の知ってる編集さんを二、三人紹介してあげる。言っておくけど、あなた、本当に危ない状態なのよ。普段だったら私はここまでしませんからね」

低い声で凄《すご》まれて、私はさすがに言葉を呑んだ。

「危ない状態って……」

「このゲーム、いつきさんのお名前を前面に押していくって話ですよね。出水さんはあくまでも奥に隠れたまま、いつきさんが矢面に立って呪いの増幅装置としての役割を一手に引き受けることになります。下手したら——死にますよ」

それまでの明るい調子から一転、目をすがめた瑠依の言葉に私の喉がごくりと鳴った。

「死——」

「冗談ではありません。呪いは『効く』んです。たとえあなたがそれを信じていようと、いまいと」


結局、今夜のうちに青葉に断りの連絡を入れると約束をして、私は瑠依から「お守り」を受け取って自室へと戻った。

彼の言うとおり、部屋に戻るとざわめくような気配は消えていた。部屋の照明がやけに明るく感じられて、同時に長く手入れを怠っていた荒れ方がやたらと目につく。

——掃除機も随分掛けてないし、枯れた観葉植物も放置しっぱなし。私、何やってたんだろう……。

ハッと我に返るような気分ではあった。

けれど同時に、その汚いながら妙に爽やかな部屋の様子に「これならこのまま仕事を続けられるのではないか」という楽観が生まれて、私はひとり、ふるふると首を振った。

約束というか、脅されまでしたではないか。それを簡単に反故《ほご》にするのはさすがにどう

かと思う。

　一週間近くも部屋に帰れないほど怖がっていたくせに、今すぐ助けてくれと縋《すが》り付い

たくせに、いざ仕事を断るとなると途端にそれは嫌だと思う、そんな自分がつくづく不

思議だ。

　――自分は青葉のことがまだ好きだから、彼に協力したいのだろうか。

思えば、このところ自分の彼への依存度は普通ではなかった。青葉だけが私の味方だ

とすら感じていて、彼のことを盲目的に信じていた――よく考えると、それもおかしい。

　確かに私は彼に恋愛感情を持ってはいたが、それはあくまで過去の話だ。一度抱いて

貰ったことで諦めようと思ったのだし、この仕事の話があるまでは彼のことはもう思い

出しもしなくなっていた。

　それなのに突然彼とこの仕事に執着し始めた。凪と喧嘩《けんか》をしてまで、どうしてもやめ

たくないと感じている。あんなに怖い目に遭ってさえ、守富が仕事を紹介すると言って

くれた今でさえ迷っている。ただの責任感などではない。私はこの作品を我が子のよう

に愛し始めている――こんなにも忌まわしいと感じているのに。

「出水さんに電話をして、やはりこの仕事をやめたくないと思ったらお守りを握り締め

てください」

瑠依の言葉を思い出し、お守りをテーブルの上に置きつつ私は彼に電話を掛けた。

コールが三回。「はい、もしもし」という青葉の声が耳に流れ込んで来た瞬間、胸が撃ち抜かれたようにひとつ弾んだ。

「いつきちゃん？　どうしたの」

「あ。あの」

どきどきと心臓が高鳴る。なんだこれは。

愛《いと》おしい、好きだ――彼に気に入られたい。少しでも。

そんなどうしようもない気持ちが強く湧き上がってくる。

――断ったら、嫌われてしまう。

突然怖くなった。いや。待て。私はひとつ深呼吸をして、お守りを握り締める。

恐怖が、すうっと引いて行くのを感じた。

よし、このまま。何も考えるな。

「……すみません。この仕事、やっぱり、お断りしたいんです」

一息に私はそう言った。

「あはは。ダメだよ、いつきちゃん。今更そんなことはできない」

一瞬の間もなく青葉が笑いながら答える。驚いている様子はなかった――まるで、最初から予想していたかのようだ。

先程とは別の恐怖に、ぞくりと首筋が粟立った。

「あの。でも、できません。もう無理なんです。お、おかしなことが沢山あって……」

「でも、もうプロジェクトは進んでいるんだから、違約金ということになるよ」

「弁償でも何でもします。とにかくできません」

「まあ、まあ。悪いようにはしないから一回会おう」

「でも」

「今、君の家の前にいるからさ」

「え⁉」

私は思わずドアを振り返った。

同時に、ピンポーン、と妙に軽快なベルが部屋に鳴り響く。

「開けてよ。いいだろ？」

――どうして。

いったいなぜ、今、彼がここに？

訳が分からなかった。私はスマートフォンをテーブルに置き、フラフラとドアに近付く。もう一度、ピンポーンとベルが鳴る。

「いつきちゃん。開けてくれるよね？」

今度は電話からではなく、ドアの向こうで青葉の声がした。

思考が停止する。どうするべきなのか、何をしてはいけないのか、何も分からなくなって、気付くと私は震える手でチェーンと鍵を外していた。

ドアノブが回されて、ゆっくりとドアが開く。そこにはスマホを片手に、穏やかな笑みを浮かべた青葉が立っていた。

「青葉さん……ど、どうしてここに？」

「うん、たまたまね。傍《そば》を通りかかったら電話が掛かって来たから」

そんなわけがない。

私は一週間弱も家から離れていたのだ。しかも、帰ってきたのはつい先程なのである。それを、このタイミングで偶然通りかかるなんてことがあるだろうか。

「そんなことより、仕事の仕上げをしようじゃないか」

「し、仕上げって……私はこのお仕事、お断りを」

お守りを握り締めたままだったからか、あまりにあり得ない展開だったせいか、さすがに、今度は彼を愛おしいとも好きとも思わなかった。

——彼も何かしら、不可解な力を持っている人間なのか。

「そんなに怯えた顔をするなよ。さ、座って」

青葉が苦笑する。その表情はあまりに自然で、私は余計に何が何だか分からなくなった。彼は当たり前のようにデスクの前の椅子に腰を下ろして、腹の上で両手を組む。

「あと一話、俺が話すよ。君が知りたいことは全部そこに含まれている。最後まで見届けたいだろう？　ほら、レコーダーを回してくれ」

「…………」

——とりあえず、聞かないことには話が終わらなさそうだ。

私はさりげなくお守りをパーカーのポケットにしまった。青葉は特に攻撃的な様子ではない。それに。

——それに、確かに、彼の話す「怪談」にも興味がある。

知りたかった。いったい、彼がどうしてこんなことをしているのか。なぜ私を選んだのか。この一連の怪異の出どころと、行き着く先はどこなのか。

これは私が何かに操られているから感じる欲求なのか、それとも作家としての好奇心か。今、私の心は平静で、あくまでも自分の意思のうちにあると思える。ではこの好奇心は私個人のものだろう。

「……分かりました。じゃあ、聞くだけ」

私はソファに座り、レコーダー代わりのスマホを手に取った。ひとつ、ふたつ操作をしてから、それをテーブルの上に置く。

「さあ、どうぞ。青葉さんの話を聞かせてください」

＊＊＊＊＊

「憑くもの」語り部：出水青葉

俺の家は代々「トリツキスジ」と呼ばれる家だった。

トリツキスジというのはいわゆる「憑き物」——いつきちゃんもいろいろと資料を読み込んできたから分かるよね？　動物霊などの霊的な存在を使役して富を得る家系のことだ。

我が家に伝わる憑き物はいわゆる「オサキ」と呼ばれるものの一種だ。といっても、これは一般的に流通している呼び名に過ぎない。「オサキ」というのは主に関東は秩父《ちちぶ》地方を中心に、長野県の諏訪《すわ》盆地を越えるあたりまでに伝わる憑き物を呼ぶ総称で、これが地域によってはイズナやクダと名を変える。クダ使い、イズナつきというと巫女《みこ》や陰陽師《おんみょうじ》など拝み屋的な気配が濃厚になってくるものだが、個人的にはこれらは全て本質的に同じものだと俺は考えているよ。いや——逆に言えば、ただひとつとして同じものはない、とも言える。

例えばオサキといえばキツネと思われがちだけれど、実際にはイタチだったりネズミだったり、それを混ぜたような架空の動物だったりと目撃される形状はさまざまだ。とはいえ、そもそも、霊的な存在の姿かたちというのは視るものの知識や意識、アンテナの差によって左右される。これは憑き物に限らず、幽霊などでも同じだ。ある女の霊が人によっては美しい佇《たたず》まいに見えたり、血まみれの怨霊に見えたりする。かように「あちら側のもの」というのは視る人間の資質や主観が大きく影響してくるものなんだ。

我が家の話に戻ろう。

家《うち》ではそれは「オカタ」と呼ばれていた。御方、家を守ってくれるものというわけだ。俺は物心ついた時から、オカタ――その「動物」が見えていた。そうだな、俺には白くてふわふわとした、尻尾の長い小さなテンみたいな形状に見えたよ――この部屋にも沢山来ているのかと思ったけど、見当たらないね。きみ、何か隠していないかい？　ははは。

ともあれ「ソレ」は小さな頃から俺のいい遊び相手だった。うちはそのあたりでは一番大きな地主でね。いくつものマンションやら駐車場やらを持っていて、父は仕事もせず自由奔放に遊び歩いていたが、そんな彼に俺は憧れていたものだ。

ところで我が家では、ソレを女に憑ける。

昔から当地では「トリツキスジの娘は嫁に貰うな」と言われていてね。彼らは娘と共に婚家に付いて行ってしまうんだね。そのうえ、ちゃんと祀《まつ》られなければその家に害を与える。動物たちは女に憑き、その身体と精神を触媒に増殖していくんだ。

しかし、反対にきちんと手順を踏んで祀ればそれ相応の恩恵に与《あずか》ることもできる。ここの家に生まれた男は本来、金でも女でも、何でも自由になるはずの宿命を持っているんだよ。

まぁ、もちろん多少の弊害はあるさ。オカタを育てる女たちは、生命力を喰《く》われ、疲弊し、やがて病に伏して枯れるように死んでゆく。まあ、「憑き物」の苗床と言ってもいいかもしれないね。だけど、それは最後まで愛する家族の役に立つってことなんだ。崇高で美しいことだと思わないかい？

そうだな。大体、ひとり背負えば保《も》って三年——もちろん、そんなに早く役立たずになってしまうのは困るから、我が家の男たちは常に女のスペアを複数囲っている。父にも入れ代わり立ち代わり、何人もの愛人がいたよ。家をあてがってやったり、屋敷の中の離れに住まわせるんだ、そこに小さなオカタの神棚を置いてね。多くの女にオカタを分散すれば、それだけ、彼女たちの負担が減るからね。

もちろん、俺も本来だったら滞りなくその力の恩恵に与るはずだった。だけど、俺の母親は——あのクソ女は、俺たちを裏切ったんだ。

母に対する俺の記憶はそう多くない。

彼女は美しく、もの静かで従順な女だった。家の事情も了解していたし、父がどれだけ女遊びをしようと一言の文句も口にしたことがなかったが、その代わり、父のことも俺のことも愛してはいなかったんだろう。

彼女に抱き締められたことは一度もない。手を繋《つな》いだことも、触れたことさえ。

母はただ出水家に生贄《いけにえ》として捧《ささ》げられた女だった。オカタを育てるのに最も適した、相性の良い人間を選んで娶《めと》ったんだ。貧しい家の娘でね。親に金を握らせて連れてきた、いわば買われてきた女だったわけだ。彼女は屋敷から出ることも滅多になく、ただひたすら、来る日も来る日もオカタを祀る神棚の世話をして過ごした。うちには使用人が何人もいたから、家事や育児は彼らの仕事だ。

母には俺たちへの愛情がなかったと言ったが、当然、父も彼女を愛してなどいなかったんだろうね。あの家で俺だけが、母に対して叶わぬ一方通行の愛情を抱えていた。彼女が俺を見る眼差《まなざ》しは、いつでも氷のように冷たかったっていうのにね。

あれは六歳だったかな。小学校に上がったばかりのことだ。普段は神棚のある奥座敷に籠もっている母親を遠くから見ているだけだった俺は、一度だけ勇気を出してそこへ自ら入って行ったことがある。その日は母の誕生日だったんだ。

俺は自分で描いた母の絵と、庭で取った一輪の花を持って彼女のもとを訪ねた。花の名前なんかは分からないよ。だけど、庭に咲いた花の中で一番きれいだと思う一輪を必死に探したんだ。

母は座敷の中で床についていた。父と結婚して八年近く、俺を産んでからも六年は経《た》っている。今思えば、母の身体は既にオカタを育てる代償に蝕《むしば》まれていたのだろう。久々に見た母は、以前よりも随分と老けて見えた。その頃、昇り調子の我が家の屋敷の中はオカタで溢《あふ》れ返るほどだったから、その分、母は急速に枯れようとしていたのかもしれない。

布団の傍に駆け寄った俺は、もじもじしながら母に絵と花を差し出した。

「お母さん、起きて」

そう声を掛けると、彼女はゆっくりと目を開いたよ。

「お誕生日——」

おめでとう、と続けようとした俺の手を、彼女は布団から伸ばした腕で強く払った。

「あっ!」

俺は取り落とした花と画用紙の上に倒れ込む。彼女は憎しみの籠もった眼差しで俺をひと睨みして、すぐにこちらに背を向けて再び眠り始めた。俺の小さな身体の下で、絵も花もぐしゃぐしゃになっていたよ。

母が自殺をしたのはその数日後だ。

見つけたのは使用人のひとりだった。オカタを祀る部屋で首を吊ったって話だけど、俺は彼女の亡骸《なきがら》を一目も見せて貰えなかったから本当のところはよく分からない。

遺書も何もなかった。俺にひとことの言葉も遺さず、あの女は全てを捨てて逃げ出した。

オカタは最も有能な触媒を失って暴走した。父はすぐに新しい女をあてがおうとしたけれど、その時にはソレは既に制御不可能な状態になってしまっていたんだ。忌まわしいことに、母はこれまでにないくらい「彼ら」を育てるのに適した素質を持った女だった。生半可な人間ではその代わりになることはできなかったんだ。増えすぎたオカタを祀りきれずにいた我が家はやがて傾き、財産は失われ、俺と父は家屋敷を失って放り出されることになった。「憑き物」の扱いというのはそれほどに繊細なものなんだよ。

俺は母を恨んだ。だって、妻なら夫の、母親なら息子の成功を願い、喜ぶはずだろう？　なのに、あの女は自分がソレから逃げ出すことしか考えていなかった。父が、俺が、そのあとどうなろうと知ったことじゃなかったのさ。なんて身勝手な女だ。信じられるか？

ともあれ、俺たちは制御不能のオカタを抱えて流浪する羽目になった。その頃の父にはもう若く生命力のある女を捕まえることは難しくなっていたから、良い触媒はなかなか見つからない。暴走した憑き物というのはなかなか面倒なもので、こちらの意図を無視して勝手に動き出す。女がいなければ媒体に使われるのは俺たちだ。そして俺が成人した頃に父は病に倒れ、そのまま死んだ。

いよいよ「彼ら」を祀る責務が俺に回って来たというわけだが、俺は上手いことやったよ。幸い女の扱いには手慣れていたから、大学を出てすぐに嫁を取った。もちろんオカタの真実なんか知らせやしないが、専用の神棚だけはきちんと世話をさせてね。

嫁は知らぬうちにオカタの触媒となり、しばらくは上手くいっていた。だが、やはり徐々に女は弱ってきてしまう。昔みたいに、愛人に家をあてがってやれるような時代でもない。オカタの数は随分と減っていたから昔ほどの負担ではないが、それでも十年は保たない。そこで俺は次々に贄《にえ》を替えることにした。使い捨て？　まあ、そんな言い方をしたら人聞きが悪いじゃないか。

しかしこれも三人目で底をついた。俺も歳《とし》を取って来て、若い女はそう捕まらなくなってきたからね。さらに言うと、母がいた頃に比べて我が家のオカタは随分と力を失ってしまっている。祈りの力というのはそれを信心するかしないかが大きく関わってくるもので、憑き物の存在すら知らない女たちの形ばかりの世話では彼らを充分に育て切ることは難しかった。

俺には新しい力が必要だった。なんとしても失った出水の財産を取り戻し、家を復興させなければいけない。それが俺の、母に対する復讐《ふくしゅう》だ。それに、俺を捨てたあの女のことは地獄の底までも苦しめてやらなきゃ気が済まない。死んだ人間に呪いを掛ける――いつまでも楽にならぬよう未来永劫《えいごう》苦しめ続ける、その手段を俺は探した。

俺は関連ある文献を片っ端から調べた。それで、今までいろいろな術者がかけた「呪い」を集め、その力を上手く使役する方法に辿《たど》り着いたんだ。それがこのプロジェクトなんだよ。

もう大方の仕組みは分かってるんだろう？　そう、これは「呪い」を拡散するシステムだ。

そして、この仕組みには君の力が不可欠なんだ、いつきちゃん。

＊＊＊＊

「君は優秀だよ。今までも何か不思議な体験をしたことがあるんじゃないかい？　呪いとの親和性もあるし、もちろん母ほどではないが、オカタともとても相性がいい。だから、世話もしていないのにこの部屋には随分『彼ら』が集まっていただろう？」

――気付いてたのか。

私の身に起こっていたことも、何もかも。

表面上は優しい笑みを浮かべてそう言う青葉に、私は何ともいえない不快感を覚えた。

「実は君の前にひとり、ライターの女の子で試したんだ。だけどダメだった、若かったんだけど、オカタと相性が悪くてね。プロジェクトを完成させる前に呪いに取り込まれてしまった」

「取り込まれた？」

「乳がんだった。若いから進行が早くてね。残念だ」

何とも思っていないような声だった。

私はごくりと喉を鳴らす。

彼が女性にモテる理由も、とっかえひっかえ女性と交際できる理由も分かる気がした。青葉にとって、女性は自らの目的をとげるための道具であり、対等な人間とは思っていない。あくまで道具を大切に取り扱っているにすぎないのだ。対等ではない存在だから何をされても心が動かない。

ペットだと思っているどころの話ではない。彼にとって私たちは、ペットの餌程度の存在でしかないのだろう。彼が女に優しくすることは、ヘビの餌であるラットを丸々と太らせる程度の意味しかない。

「君は俺のことが好きだろう？」

穏やかな笑顔を浮かべたまま、優しい声で、青葉が言った。

——この男はおかしい。

なぜ、こんな話を聞かせてなお、私が彼に好意を持ち続けていると思うのか。

「青葉さん……あなたおかしいです」

私は膝の上で拳を握り締めてそう言った。

ゆらり、と青葉が椅子から立ち上がる。

「おかしい？　どうして？　君たちはいつも恋愛のことばかり考えているじゃないか。誰がいい男だとか、抱かれたいとか。愛する男に身も心も捧げられたら幸せなんだろう？　だから、俺はそれぞれの理想の男を演じてあげるんだ。俺と付き合ってきた女の子たちはみんな幸せだったはずだよ」

「そんなの──」

違う、と言おうとして分からなくなった。

私は確かに彼のことが好きだった。彼のためならなんでもしたいと、彼の役に立ちたいと確かに思ったのではなかったか。

──それは、「憑き物」の生贄になることでも叶う。

仕事で役に立つこととそれはいったい何が違うのか？

ぐらりと世界が揺れる。

「いつきちゃん」

気が付くと青葉の顔が目の前にあった。あ、と思う間に、ソファの上に押し倒される。

「君がずっと俺のことを想《おも》ってくれていたの、知ってたよ。だから今回声を掛けたんだ。いつきちゃんが俺のモノになってくれるなら、俺も君のモノになってあげる。君が俺に尽くしてくれた分、俺は君を愛してあげるよ」

「そんな、の……」

——おかしい。何かがおかしい。

そう思うのに身体が動かなかった。

誘惑的な瞳が私を見下ろす。ああ、この目が好きだ。私を見ているようでどこか遠くを見ている目。何か大きな野望を持っている男だとずっと思っていた。そこが魅力的だった。

青葉の唇が私の喉元に口づけを落とす。ぞくりと湧いた甘い感覚は欲情だ。

——彼の言う通り、私はこの男が好きなのか。こんな話を聞いてもなお。

何度も夢見た光景だった。たった一度の夜をいつまでも忘れられずに、いつか彼に求められることを望んでいた。それは確かだ。だけど——だけど。

ざわりと部屋の空気が華やぐ。青葉に付いていた動物たちが戻って来たのだ。高揚が湧き上がり、強引な多幸感が胸に溢れてくる。このまま彼に抱かれたらどんなにか気持ちがいいだろう。だけど。

「それで、私がダメになったらまた次を探すんですか。使い捨ての電池みたいに」

唇から滑り出た声は、自分でも驚くほどに冷たかった。

私は圧《の》し掛かって来る青葉の胸に肘を当て、ぐっと押し退《の》ける。

「いつきちゃん？」

「私はそんなのゴメンです。呪いを受けるのも嫌だし、オカタだかなんだかに喰われたくもない。私は……女は」

もう片方の手をポケットに突っ込んで、瑠依の「お守り」を握り締める。オセロのコマがひっくり返るように、高揚感がぱたりと一気に怒りへと変貌した。途端に、部屋の中にゴウッと強い風が吹き抜けた気がして動物たちの気配が外へと流れだしてゆく。

青葉が不愉快そうに表情を歪《ゆが》めて顔を上げた。

「やっぱり……何を持ってるんだ、お前」

「うるさい！」

私は彼の下腹部に向けて力いっぱいに足を蹴り出す。

「うわっ」

青葉の身体がソファの横へと倒れ込む。私は震える足に力を込めてその場に立ち上がった。

「女はあんたの道具じゃない！　誰があんたの言うことなんか聞くもんか！」

「貴様っ……」

立ち上がった青葉が私に向かって襲い掛かってこようとしたその時、玄関のドアがガンと蹴破られる音がした。

「何やってんだ！　いつきから離れろ！」

叫び声に続いてダダダダッと部屋の中に駆け込んで来る足音がしたと思ったら、次の瞬間、ひらりと飛んだ人影が青葉に飛び蹴りを喰らわせる。

「凪！」

そこには髪を真銀髪《シルバー》に染めた凪がいた。髪の色に揃《そろ》えた派手なスカジャンの背中の、龍の金《きん》刺繍《ししゅう》が目に痛い。

「な、何だお前は！」

床に倒れた青葉の前に仁王立ちになった凪は、くるりとこちらを向いた。

先ほど青葉の声を録音するのと同時に、私は凪へ電話を掛けていたのである。彼女がそれを取ってくれるかどうか、賭けだった。

「で。あんたも目は覚めたのか」

「うん。ごめん。ありがとう。でも土足……」

「そんなこと言ってる場合か」

立ち上がろうとする青葉に凪が飛び掛かり、その手足を押さえる。

「いつき！　データだ！」

私は慌ててデスクに駆け寄り、ＰＣの中にある怪談のデータファイルを開いた。私はまだ空き家の話を青葉に渡していない。これがなければプロジェクトは完成しないはずだ。背後でふたりが罵り合いながら取っ組み合う気配がする。いくら男勝りといっても、凪と青葉では力の差がありすぎる。早く、早く。焦る手で私はそのファイルをごみ箱に移動させ、そのまま全部のデータを削除する。

続いてコピーの入ったUSBを抜き取って、凪に叫んだ。

「これ！　どうしよう⁉」

「ほら、使って！」

凪がスカジャンのポケットに手を突っ込み、ジッポライターを投げて寄越《よこ》す。その一瞬の隙に青葉が凪の頬を殴りつけ、彼女の細い身体を押し退けて立ち上がった。凪が呻《うめ》き声を上げながら青葉の片足に縋り付く。

「何をする気だ、やめろ！」

こちらへ伸ばされる青葉の手をすり抜けて、私は玄関脇のキッチンへと逃げた。流し台に出しっぱなしにしてあったコーヒーカップにUSBを放り込み、調味料棚から取ったサラダ油を流し込んでそこにジッポライターで火をつける。

カップの中で勢いよく炎があがり、プラスチックの溶ける匂いがした。

「ああ、データが……」

「データが消えただけじゃありません。私はこの仕事から降りますから。呪いのプロジェクトには私がいないと意味がないんですよね？　……私をお気に入りのオカタだかなんだかにとっても」

青葉が呆然《ぼうぜん》とした顔で床に膝をついた。

唇の端から血を流した凪が立ち上がり、手の甲で口を拭う。

「痛《い》ってぇ。こいつ本気で殴りやがって」

「凪！　大丈夫⁉」

私はカップを流し台に置いたまま、凪の方へ駆け寄った。青葉はまだ呆然と、炎の上がるカップを見詰めている。

「あんた本当に男の趣味悪いよ」

凪の言葉に私は苦笑した。

「女の趣味はいいから許してよ。……さあ、出水さん。もう私に用はないでしょう？　帰ってください」

青葉がゆるゆるとこちらを振り返る。その瞳には先程までの光は既になかった。

「帰ってください。警察を呼びますよ」

「………」

力なく彼は立ち上がり、そのままフラフラと部屋を出ていく。その後ろ姿が玄関の扉の向こうに消えるのを最後まで見送って、私たちはほうっと大きくため息を吐いた。

「はー、どうなることかと思った」

ばたりと倒れ込むようにソファへ腰掛けて、私は天井を見上げる。その隣にどかりと凪が腰を下ろして大きく足を組んだ。

「……違約金かあ。いくらになるんだろ。バイト始めなきゃ」

「手伝ってあげるよ。はあ、結局、呪い騒ぎも人の禍《わざわい》。力業《ちからわざ》で解決だよねえ」

「そうとばかりも言えないけどね」

私は瑠依から貰ったお守りを再度握り締め、再び安堵《あんど》の息を吐いた。

「ところで、そろそろ靴脱いでくんない？」


その数日後。サイバーアイズの社員から電話があり、青葉が急に会社を辞めたという知らせを受けた。取締役は他にもいるので会社としては滞りなく回るそうだが、私の引き受けていた仕事は青葉の独断で進められていたもので、彼がいない今では中止にせざるを得ないという。

「このようなことになり、大変申し訳ありません。もちろん、お支払いした取材費はそのままで結構ですので」

結果的に、違約金の件はなしということで済みそうだった。

私はそういえば、と成海の様子を伺った。

「あの、その後成海さんのお具合は如何《いかが》ですか？　体調を崩されたって聞いていますけど」

私の言葉を聞いた途端、電話の向こうが一瞬不自然に沈黙する。

「……その。青葉から聞いていませんか？　成海は数ヶ月前から出社しておりませんで……」

「え」

「ご家族にも行方が分からないそうなんです。まあ、これ以上は個人の問題ですから、私共にも何も」

「そう……なんですか」

全身から力が抜けるような気がした。

――琴子が行方不明？

青葉は嘘を吐いたということか。一体どうして。

――私に不信感を抱かせないためか。

私は呆然と電話を切った。いや、行方不明といっても彼女の身に何かがあったとは限らないし、自分の意思でどこかに隠れている可能性の方が高い。もしかして後藤とよりを戻して駆け落ちでもしていたり……しかし、それを確かめる術《すべ》は私にはない。

後日、守富と瑠依に時間を取って貰い、御礼をした。守富はあのあと大手新聞社の編集者を紹介してくれて、なんと、私は新聞で新連載を持つ運びとなったのである。

「守富さん、本当にお世話になりっぱなしで……どうもありがとうございました」

「いいのよ。うん、よかった。もう動物の影は見えないわ」

「瑠依さんも。このお守り、ありがとうございました」

瑠依にお守りを返すと、彼はそれを受け取って曖昧に微笑む。

「？　どうかしましたか？」

「……ううん、何でもないです。しかしその出水さんって人、どこに行っちゃったんでしょうねえ」

「さあ……また、餌になる女性を探しているんでしょうか」

「そうですね、その『オカタ』がこれでいなくなったわけではないから……」

なるほど、物憂げな顔をしていたのはそのせいか。

私も神妙な気分になる。青葉はきっと生贄を探し続けるのだろう。その前に彼自身が喰い尽くされるのか。どちらにせよ、気持ちのいい話ではない。

私は自宅に戻り、ＰＣの電源を入れた。

これから、新連載の構想を練らなくてはいけない。編集者からは歴史ものをとの依頼を受けている。初めてチャレンジするジャンルだ、まずテーマを決め、何の資料を読めばいいか、そこから調べ始めなくてはいけない。

――わくわくする。

そうだ。モノを書くというのはこういうことだ。私は小説を書くのが好きなのだ――「憑き物」なんかいなくても、高揚することができる。

いざ、という心もちでPCに向かった瞬間、スマートフォンが着信を告げた。

電話の主は酒々井である。

そうだ、取材した体験者のひとりひとりに、プロジェクト中止の詫《わ》び連絡も入れなくてはいけない。

そう思いつつ電話を取った私の耳に飛び込んできたのは泣き声に掠《かす》れた女性の声だった。

「もしもし？　わたくし、酒々井の妻でございますが」

「あ、はい……お、お世話になっております」

志保乃――酒々井が、「御嫁様」の呪いの力で手に入れた妻だ。いったい何事か、訳が分からず、私は電話の向こうの言葉を待つ。

「実は昨晩、酒々井が……脳溢血《のういっけつ》で倒れまして、そのまま……それで、電話帳に連絡先のある皆さまにお知らせを……」

「え」

私は愕然《がくぜん》とした。

――そうだ、青葉が消えても、物語それぞれの「呪い」は未《いま》だ生きているのだ。

通夜と葬儀の日程を告げる志保乃の声を聞きながら、私はそう思い至った。ざらりとした錆《さび》を舐《な》めたような不快感――。

消えた琴子。家の呪いに従って短命に終わった酒々井。あのプロジェクトが私に残した呪いの影はしばらく消えそうにない。

電話を切った直後、ＰＣからメールの受信を告げる音がした。

私はメールボックスを開く。そこにあったのは見知らぬアドレスからのメールだった。

『齋藤いつきさま

原稿の方、確かに拝受いたしました。

成海琴子』

ざわりと背中の産毛が逆立つ。

慌てて返信を送ったが、そのメールは届くことなく戻ってきてしまった。

――どういうことだ。誰かのいたずら？

だとしたら、青葉だろうか。いや、それにしても。

嫌な予感がべっとりと背中に貼りつく。呪いは私たちの常識の範囲内で効く――だというのなら、私がいま感じている、この不安は確かに「呪い」だ。

――もし、青葉がまた私のような適性を持った人間を見つけたら？

今の時代、企業の力を頼らなくたって、創作物を発表することも拡散することも簡単にできる。

そう、青葉がその気になれば、新しい「呪い」を世界中にばら撒《ま》くことだってできる——。

「…………」

私は開いたままのＰＣのネット画面を見つめながら、この予感がただの杞憂《きゆう》でありますようにと願った。

参考文献

『日本の憑きもの　俗信は今も生きている』石塚尊俊　未来社
『日本現代怪異事典』朝里樹　笠間書院

執筆にあたり、体験談の取材に応じてくださった皆様に
感謝を申し上げます。
また、怪異の監修にご協力くださいました灯璃氏に
この場を借りて御礼を申し上げます。
どうもありがとうございました。

深志　美由紀

本書は、集英社文庫のために書き下ろされた作品です。

集英社文庫 目録（日本文学）

宮子あずさ　ナース主義！
宮子あずさ　卵の腕まくり　看護婦だからできることIII
宮沢賢治　銀河鉄道の夜
宮沢賢治　注文の多い料理店
宮下奈都　太陽のパスタ、豆のスープ
宮下奈都　窓の向こうのガーシュウィン
宮田珠己　ジェットコースターにもほどがある
宮田珠己　だいたい四国八十八ヶ所
宮部みゆき　地下街の雨
宮部みゆき　R.P.G.
宮部みゆき　ここはボツコニアン 1
宮部みゆき　ここはボツコニアン 2　魔王がいた街
宮部みゆき　ここはボツコニアン 3　二軍三国志
宮部みゆき　ここはボツコニアン 4　ほらホラHorrorの村
宮部みゆき　ここはボツコニアン 5 FINAL　ためらいの迷宮
宮本輝　焚火の終わり(上)(下)
宮本輝　海岸列車(上)(下)
宮本輝　水のかたち(上)(下)
宮本輝　いのちの姿　完全版
宮本輝　田園発　港行き自転車(上)(下)
宮本輝　草花たちの静かな誓い
宮本昌孝　藩校早春賦
宮本昌孝　夏雲あがれ(上)(下)
宮本昌孝　みならい忍法帖　入門篇
宮本昌孝　みならい忍法帖　応用篇
深志美由紀　怖い話を集めたら　連鎖怪談
三好徹　興亡三国志一～五
武者小路実篤　友情・初恋
村上通哉　うつくしい人　東山魁夷
村上龍　テニスボーイの憂鬱(上)(下)
村上龍　ニューヨーク・シティ・マラソン
村上龍　ラッフルズホテル
村上龍　すべての男は消耗品である
村上龍　龍言飛語
村上龍　エクスタシー
村上龍　昭和歌謡大全集
村上龍　KYOKO
村上龍　はじめての夜　二度目の夜　最後の夜
村上龍　メランコリア
村上龍・中田英寿　文体とパスの精度
村上龍　タナトス
村上龍　2days 4girls
村上龍　69 sixty nine
村田沙耶香　ハコブネ
村山由佳　天使の卵　エンジェルス・エッグ
村山由佳　BAD KIDS
村山由佳　もう一度デジャ・ヴ
村山由佳　野生の風

村山由佳　きみのためにできること
村山由佳　キスまでの距離　おいしいコーヒーのいれ方 I
村山由佳　青のフェルマータ
村山由佳　僕らの夏　おいしいコーヒーのいれ方 II
村山由佳　彼女の朝　おいしいコーヒーのいれ方 III
村山由佳　翼　cry for the moon
村山由佳　雪の降る音　おいしいコーヒーのいれ方 IV
村山由佳　緑の午後　おいしいコーヒーのいれ方 V
村山由佳　海を抱く　BAD KIDS
村山由佳　遠い背中　おいしいコーヒーのいれ方 VI
村山由佳　夜明けまで1《ワン》マイル　somebody loves you
村山由佳　坂の途中　おいしいコーヒーのいれ方 VII
村山由佳　優しい秘密　おいしいコーヒーのいれ方 VIII
村山由佳　聞きたい言葉　おいしいコーヒーのいれ方 IX
村山由佳　天使の梯子
村山由佳　夢のあとさき　おいしいコーヒーのいれ方 X
村山由佳　ヘヴンリー・ブルー
村山由佳　蜂蜜色の瞳　おいしいコーヒーのいれ方 Second Season I
村山由佳　明日の約束　おいしいコーヒーのいれ方 Second Season II
村山由佳　約束　―村山由佳の絵のない絵本―
村山由佳　消せない告白　おいしいコーヒーのいれ方 Second Season III
村山由佳　凍える月　おいしいコーヒーのいれ方 Second Season IV
村山由佳　雲の果て　おいしいコーヒーのいれ方 Second Season V
村山由佳　彼方の声　おいしいコーヒーのいれ方 Second Season VI
村山由佳　遥かなる水の音
村山由佳　記憶の海　おいしいコーヒーのいれ方 Second Season VII
村山由佳　地図のない旅　おいしいコーヒーのいれ方 Second Season VIII
村山由佳　放蕩記
村山由佳　天使の柩
村山由佳　La Vie en Rose　ラヴィアンローズ
群ようこ　トラちゃん
群ようこ　姉の結婚
群ようこ　でも女
群ようこ　トラブルクッキング
群ようこ　働く女
群ようこ　きもの365日
群ようこ　小美代姐《こみよねえ》さん花乱万丈《からんばんじょう》
群ようこ　小美代姐さん愛縁奇縁
群ようこ　ひとりの女
群ようこ　小福歳時記
群ようこ　母のはなし
群ようこ　衣もろもろ
群ようこ　衣にちにち
室井佑月　血《あか》い花《はな》
室井佑月　作家の花道
室井佑月　ああ～ん、あんあん
室井佑月　ドラゴンフライ
室井佑月　ラブゴーゴー

集英社文庫　目録（日本文学）

集英社文庫　目録（日本文学）

諸田玲子　髭麻呂　王朝捕物控え
諸田玲子　恋縫
諸田玲子　おんな泉岳寺
諸田玲子　狸穴《まみあな》あいあい坂
諸田玲子　炎天の雪(上)(下)
諸田玲子　恋かたみ　狸穴あいあい坂
諸田玲子　四十八人目の忠臣
諸田玲子　心がわり　狸穴あいあい坂
諸田玲子　今ひとたびの、和泉式部
八木圭一　手がかりは一皿の中に
八木圭一　手がかりは一皿の中に　ご当地グルメの誘惑
八木澤高明　青線　売春の記憶を刻む旅
八木原一恵・編訳　封神演義　前編
八木原一恵・編訳　封神演義　後編
矢口敦子　祈りの朝
矢口敦子　最後の手紙

矢口敦子　海より深く
矢口敦子　炎より熱く
矢口史靖　小説　ロボジー
薬丸岳　友罪
八坂裕子　幸運の99%は話し方できまる！
八坂裕子　言い返す力　夫・姑・あの人に
安田依央　たぶらかし
安田依央　終活ファッションショー
柳澤桂子　愛をこめ いのち見つめて
柳澤桂子　生命《いのち》の不思議
柳澤桂子　ヒトゲノムとあなた
柳澤桂子　すべてのいのちが愛《いと》おしい　生命科学者から孫へのメッセージ
柳澤桂子　永遠のなかに生きる
柳田国男　遠野物語
矢野隆　蛇衆
矢野隆　慶長風雲録

矢野隆　斗《とう》棋《ぎ》
山内マリコ　パリ行ったことないの
山内マリコ　あのこは貴族
山川方夫　夏の葬列
山川方夫　安南の王子
山口百恵　蒼い時
山﨑宇子　ラブ×ドック
山崎ナオコーラ　「『ジューシー』ってなんですか？」
山田詠美　メイク・ミー・シック
山田詠美　熱帯安楽椅子
山田詠美　色彩の息子
山田詠美　ラビット病
山田かまち　17歳のポケット
山田吉彦　ONE PIECE勝利学
山中伸弥・畑中正一　ひろがる人類の夢　iPS細胞ができた！
山前譲・編　文豪の探偵小説

集英社文庫

怖《こわ》い話《はなし》を集《あつ》めたら　連鎖怪談《れんさかいだん》

2020年3月25日　第1刷　　定価はカバーに表示してあります。

著　者　深志美由紀《みゆきみゆき》

発行者　徳永　真

発行所　株式会社　集英社
東京都千代田区一ツ橋2-5-10　〒101-8050
電話　【編集部】03-3230-6095
【読者係】03-3230-6080
【販売部】03-3230-6393（書店専用）

印　刷　中央精版印刷株式会社　株式会社美松堂

製　本　中央精版印刷株式会社

フォーマットデザイン　アリヤマデザインストア　　マークデザイン　居山浩二

ISBN978-4-08-744094-2 C0193